GOLPE FATAL

Felipe Colbert

GOLPE FATAL

INSÍGNIA

Copyright © 2025 Felipe Colbert

Copyright © 2025 INSIGNIA EDITORIAL LTDA

Todos os direitos reservados. Nenhuma parte desta publicação pode ser reproduzida ou transmitida de qualquer forma ou por qualquer meio — gráfico, eletrônico ou mecânico, incluindo fotocópia, gravação ou outros — sem o consentimento prévio por escrito da editora.

EDITOR: Felipe Colbert

REVISÃO: Equipe Insígnia

CAPA E DIAGRAMAÇÃO: Equipe Insígnia

ILUSTRAÇÃO DA CAPA: Design by Freepik

Publicado por Insígnia Editorial
www.insigniaeditorial.com.br
Instagram: @insigniaeditorial
Facebook: facebook.com/insigniaeditorial
E-mail: contato@insigniaeditorial.com.br

Impresso no Brasil.

Dados Internacionais de Catalogação na Publicação (CIP)
(Câmara Brasileira do Livro, SP, Brasil)

Colbert, Felipe
  Golpe fatal / Felipe Colbert. -- São Paulo :
Insígnia Editorial, 2025.

  ISBN 978-65-84839-38-0

  1. Ficção brasileira I. Título.

25-263314   CDD-B869.3

Índices para catálogo sistemático:

1. Ficção : Literatura brasileira   B869.3

Eliane de Freitas Leite - Bibliotecária - CRB 8/8415

1.

14 anos atrás.

Miguel "Fuego Estelar" González contemplava a máscara diante de si, a luz fria refletindo em seus intricados detalhes. Era uma peça fascinante, confeccionada em couro preto que parecia absorver a noite mais escura. Uma larga faixa vermelha cruzava a testa como um símbolo de poder, enquanto o branco ao redor dos olhos amplificava a intensidade de seu olhar, quase hipnótico. Apenas pequenos orifícios para as narinas e a boca interrompiam a superfície sólida da máscara, acentuando sua expressão ao mesmo tempo ameaçadora e enigmática.

Aquela máscara não era apenas um acessório; era uma armadura, um legado de uma carreira construída com suor e sangue.

Miguel estava sentado diante do espelho do camarim, pequeno demais para refletir seus ombros largos e o peitoral robusto. Vestido com seu traje característico — sunga, meias e botas —, sua imagem se assemelhava a um velho fantasma, marcado pelo peso dos combates passados. No peito, uma pressão crescente, como se cada batida do coração lembrasse que seria mais um grande espetáculo para o público.

Mas não apenas um a mais.

Era o último.

A porta do camarim rangeu ao abrir, interrompendo o silêncio da sala. Viu pelo reflexo do espelho sua esposa Maria González, que permaneceu imóvel no batente, uma presença silenciosa e contida. Seu filho Alejandro irrompeu pelo camarim com os olhos brilhando de excitação. Nas pequenas mãos, segurava a recorrente garrafinha de água para dias de calor como aquele.

Miguel se virou na cadeira.

— *¡Papá!* Aqui está! — anunciou Alejandro, com uma voz cheia de orgulho.

Miguel sorriu.

— *Gracias*, meu filho. Você cuidou bem dela?

— *Sí*, papai.

— Então ela vai me dar força.

Miguel recebeu o frasco e inclinou-se para dar um beijo na testa do filho. O menino sorriu, e Miguel bebeu a água de uma só vez, sentindo o conforto trazido pelo gesto familiar de seu filho. Em seguida, flexionou o bíceps direito para Alejandro, que, como sempre, ficou impressionado ao ver o músculo se agigantar diante de seus olhos. Depois devolveu o frasco ao garoto e, com um abraço apertado, disse:

— Vá para a mamãe agora. Prometo que vou lutar como nunca.

Alejandro assentiu e se encaminhou para o colo da mãe. O olhar de Miguel se encontrou com o dela. Os anos tinham ensinado os dois a ficarem em silêncio. Assim, ele apenas assentiu com a cabeça.

A porta bateu, deixando Miguel novamente sozinho. Ele pegou a máscara e, com costumeira habilidade, ajustou-a sobre o rosto. Era como vestir uma segunda pele. Respirou fundo, sentindo o cheiro íntimo do couro. Fechou os olhos e deixou que a persona de Fuego Estelar tomasse conta, abafando qualquer dúvida, qualquer cansaço.

Poucos minutos depois a porta se abriu novamente, e seu empresário, um homem baixo e corpulento com um olhar calculista, entrou com uma expressão pressurosa.

— Está na hora, Miguel. Pronto? — perguntou sem muita cerimônia.

Miguel se levantou, ajustando as botas e as luvas, e assentiu. Juntos, saíram pelo estreito corredor que levava ao ringue. À medida que avançavam, as luzes do ginásio se intensificavam, e o som da multidão se tornava um rugido que fazia o chão vibrar.

Seu empresário, Ricardo "El Zorro" Sarmiento, era um homem ranzinza por causa de suas longas noites em negociações, cigarros incessantes e uma vida de devoção à *lucha libre*. O velho tentava se manter alinhado, mas estava sempre vestindo um terno ligeiramente amarrotado que contrastava com seu olhar afiado e atento. O bigode fino e bem aparado lhe dava um ar de astúcia enquanto os fios grisalhos resistentes no topo da cabeça estavam sempre penteados para trás. Conhecido nos bastidores do mundo das lutas como El Zorro por causa de sua aparência, ele não era apenas o empresário de Miguel, mas também seu maior influenciador e crítico. Com sua presença constante, era ao mesmo tempo uma sombra e um conselheiro.

Enquanto avançavam pelo corredor que levava ao ringue, Miguel percebeu que estava suando mais do que o normal. Ricardo falou em tom de murmúrio, a voz rouca pelo fumo de anos:

— Este é o mesmo último, não é? — havia um toque de incredulidade, como se ainda não acreditasse que aquele fosse o fim de uma era.

Miguel assentiu, sem tirar os olhos do caminho à frente.

— *Sí*, Ricardo. É o último. Quero sair daqui ainda em pé, quero que o Alejandro se lembre de mim no auge. Você sabe.

Ricardo bufou, mas não discordou.

— Pois bem, então é melhor fazer disso uma saída triunfal — respondeu, ajeitando o paletó com um gesto ágil, antes de dar uma última olhada em Miguel.

Num primeiro instante, fora difícil convencer El Zorro do fim, mas Miguel acreditava que seu empresário compreendia. Os sinais estavam claros: a meia-idade, as lesões persistentes que recusavam a cicatrizar, e o cansaço que o dominava mais cedo e com mais intensidade a cada luta.

Logo eles chegaram ao ringue. A multidão explodiu em gritos, um rugido de veneração que ecoava pelo ginásio. Ricardo deu uns tapinhas nas suas costas e se afastou para o seu lugar. Fuego Estelar entrou, atravessando as cordas com o porte de um rei em seu último reinado. Do outro lado do ringue, seu oponente o esperava, um homem alto, forte, com o olhar fixo e uma postura desafiadora, exalando arrogância.

Seu adversário gritou algo provocador, gesticulando para que Miguel se aproximasse.

Claro que era tudo uma encenação.

Mas dessa vez, Miguel sentia-se diferente, estranho, como se a máscara, pesada, preenchesse mais do seu rosto do que o normal. Seu corpo dava sinais de nervosismo como na época em que havia debutado em ringues como aquele?

Fechou os punhos, os músculos tensos e prontos, como se neles forçasse uma ingestão de combustível extra.

O sino soou e o primeiro ataque veio como uma avalanche. O adversário avançou com força, desferindo golpes rápidos e brutais para os olhos da maioria. Miguel recuou alguns passos, recebendo os baques. A plateia vibrava a cada soco, a cada esquiva, enquanto Fuego Estelar mantinha a calma, aguardando o momento certo.

Ele correu de um lado do ringue a outro, como se escapasse de seu adversário. Porém, as pernas vacilaram e, sem conseguir evitar, caiu de joelhos no chão, próximo às cordas. Faltava-lhe ar por dentro da máscara. Pensou no que estava acontecendo. Eles tinham um plano a seguir, e não podia deixar a coreografia de lado. Então colocou seu corpo novamente ereto, utilizando as cordas como escape.

O adversário veio para cima dele. Num instante de "descuido" do homem, Miguel desferiu um golpe preciso e poderoso, seu joelho direto no estômago dele. Viu-o cambalear para trás. A multidão explodiu em aplausos e Miguel sentiu a energia fluir através de seu corpo como uma corrente elétrica, mas logo o suor se tornou mais intenso. Ele respirou fundo, tentando ignorar o desconforto, mas era como se sua força estivesse se esvaindo por todos os poros.

De repente, sua visão começou a turvar, e o ar que respirava através da máscara ficou cada vez mais escasso. A imagem do adversário parecia desfocar e multiplicar-se diante dele. Ele tentou firmar os pés, mas as pernas fraquejaram mais uma vez, como se o chão do ringue estivesse se dissolvendo sob ele.

De novo, Miguel caiu de joelhos, o som abafado de vozes alarmadas chegando até seus ouvidos. Tentou se levantar, mas seu corpo não respondia. E tombou no chão.

O silêncio tomou conta da arena enquanto o árbitro e os paramédicos demoraram alguns segundos até perceber que algo estava errado e correrem até ele.

Seus olhos vagaram pela arena. Seu adversário parecia assustado, afinal, aquilo não fazia parte dos planos, não fora para isso que eles treinaram. Então Miguel mudou o olhar para a plateia. Encontrou os dois: Maria estava de pé, segurando Alejandro contra o peito. O garoto observava em silêncio, a inocência de seu olhar começando a se desfazer diante da dura realidade que se desdobrava diante dele.

Fuego Estelar estava caído, o herói invencível derrotado por algo muito além do ringue.

Uma saída triunfal, lembrou-se amargamente.

Miguel sentiu o toque frio da lona sob ele e, com um último suspiro, se entregou.

2.

Hoje.

O sol escaldante de Puerto Vallarta parecia mais próximo da Terra naquele dia, lançando um calor abrasador que deixava a pele de Daniel Sachs em chamas. O céu mexicano estava de um azul profundo, sem uma única nuvem para trazer alívio, e a piscina reluzia sob o brilho intenso, convidativa, quase zombando de quem ainda não havia mergulhado.

Daniel se ajeitou na espreguiçadeira de vime, puxando a aba do boné para proteger o rosto do sol inclemente. Ao seu lado, Nilla exalava uma serenidade quase desconcertante. Seus dedos passeavam lentamente pelas páginas de uma revista qualquer — ainda preferia as impressas — enquanto um leve sorriso de canto de boca denunciava o quanto ela se divertia com a irritação do marido.

— Esse sol parece que decidiu acabar com a gente hoje! — ele resmungou, secando a testa com a palma da mão. — E o garçom? Acho que foi buscar minha bebida no México inteiro.

Nilla riu, descruzando as pernas e se virando para ele com um olhar conveniente.

— Sempre tão dramático, amor. Estamos a passeio, lembra? Pensei até que estava gostando do calor mexicano.

— Ah, sim. Me lembra o Rio de Janeiro.

— Quem dera nossa cidade fosse sempre tranquila assim...

— Esse calor me faz recordar daquela história do sapo dentro da panela, que não percebe que a água está esquentando aos poucos.

Nilla riu novamente, agora dobrando a revista sobre o colo, os óculos escuros brilhando com o reflexo da água da piscina.

— Para! Aproveite, olhe ao redor. Estamos em um resort. Relaxe.

— Relaxar, sim, mas em doses razoáveis... Esse sol está abusando da minha boa vontade. E a bebida, pelo amor de Deus... já deve ter evaporado a essa altura — resmungou, lançando um olhar impaciente na direção ao bar.

— Realmente, está demorando um pouco. — Ela olhou na mesma direção que ele. — Quer que eu volte lá?

— Não, você já me deixou aqui sozinho tempo suficiente, pedindo as bebidas. — Ele alisou o braço de Nilla, sentindo o filtro solar grudar um pouco em seus dedos. — Você vai ficar mesmo só na água mineral?

Nilla coçou logo acima da sobrancelha, algo que dizia a Daniel que ela não sabia muito bem como responder.

— Tudo ao seu tempo. Ficaremos até o Dia dos Mortos, não é?

Daniel bufou, mas seu rosto suavizou ao observar o sorriso dela.

— Agora deixe de drama e contenha a sua ansiedade. Aproveite — ela comentou.

— Eu prometo que vou aproveitar assim que minha michelada chegar. Isso, ou vou derreter aqui antes que o dia acabe.

Nilla deslizou a mão suavemente sobre o peito de Daniel antes de voltar sua atenção para a piscina, onde crianças riam e adultos se moviam lentamente na tentativa de amenizar o calor. O gesto de Nilla o fez se lembrar das sessões de remoção a laser que havia encarado recentemente para apagar a tatuagem dos círculos concêntricos malfeitos. Finalmente sentia-se livre para estar ali, à beira da piscina, sem a sombra daquele símbolo que tanto rememorava uma fase triste de sua vida que ele preferia esquecer.

Foi então que o garçom finalmente se aproximou, equilibrando uma bandeja prateada. Tinha um sorriso simpático e uma expressão ligeiramente contida, como se segurasse uma piada interna. Ele colocou a michelada de Daniel ao lado dele, o copo suado e transbordando com a promessa de frescor, e a garrafa de água mineral sem gás de Nilla ao lado.

— Finalmente, amigo! Vou até beber mais devagar para aproveitar cada gota refrescante — disse Daniel, divertido, enquanto o garçom assentia, contendo um riso que não conseguia disfarçar.

Assim que o garçom se afastou, Daniel se virou para Nilla e sussurrou:

— Ele estava rindo de mim?

— Daniel! — Nilla o repreendeu, brincalhona.

Desta vez, foi Daniel quem sorriu.

— Ah, finalmente, minha salvação... — murmurou, levando a mão ao copo. Mas, ao levantar a bebida, algo ali no meio do gelo chamou sua atenção. No primeiro momento ele achou que era algum utensílio estranho, ou talvez um enfeite que o garçom tivesse colocado. No meio da espuma, enfiado no gelo, estava um pequeno objeto.

Daniel franziu o cenho, confuso, e puxou-o para fora, sentindo a textura familiar e fria do plástico.

Quando focou o objeto em suas mãos, sentiu a espreguiçadeira tremer por um instante.

Um teste de gravidez.

Daniel ficou imóvel, o coração quase parando. Olhou para o pequeno visor digital no centro do teste e ali estava, claramente visível: o símbolo de positivo.

Ele ficou boquiaberto, processando a revelação, antes de se virar para Nilla, que agora tinha levantado os óculos escuros e o observava com um olhar brincalhão, as íris brilhando de expectativa.

— Nilla? Você está...?

Ela riu, assentindo, e tomou a mão dele entre as suas.

— Estou. E você não imagina o quão difícil foi guardar esse segredo desde que saímos do Brasil. Achei que não conseguiria, mas... pensei que essa seria a surpresa perfeita.

— Você sabia esse tempo todo? É por isso que não está bebendo? E ainda conseguiu combinar isso tudo com o garçom? — perguntou, ainda meio sem fôlego, enquanto começava a rir.

Ela deu de ombros, rindo também.

— Sim, sim e sim. Mas foi por pouco. Não fazia sentido te contar de maneira qualquer. Queria que fosse especial, sabe? Algo que você nunca esqueceria. — E indicou com o queixo o bar anexo à piscina.

Daniel olhou na direção indicada e viu o barman e o garçom trocando risadas e acenando para ele, cúmplices, evidentemente se divertindo com a sua reação.

Com um sorriso radiante, Daniel largou o copo, puxou Nilla para mais perto e a envolveu num abraço forte. O calor do sol e o ruído ao redor desapareceram, e ele sentiu o coração bater mais rápido — agora não de impaciência, mas de pura felicidade.

— Vamos ser pais! — murmurou, quase sem acreditar, a voz embargada.

Nilla o beijou suavemente, o sorriso se alargando ainda mais.

— Vamos, sim, amor. De novo.

3.

A loja Sueños de los Muertos ficava em uma das esquinas mais movimentadas de Puerto Vallarta, na Malecón Boardwalk, envolvida pelo som de músicas mexicanas vindas dos bares e pelo burburinho constante de turistas. Era a mais rica em artigos e conhecida loja do tipo em toda a cidade. O aroma de velas, incenso e especiarias preenchia o ambiente, impregnando o lugar com um cheiro inconfundível, familiar, que misturava tradição e nostalgia.

Atrás do balcão estava Javier Ortiz, um rapaz com ombros magros e uma expressão sempre atenta, como quem estivesse preparado para defender sua pequena fortaleza contra qualquer ameaça. Sua mãe, Elsa Ortiz, uma mulher de cabelos prateados e lisos, com um rosto sereno e um olhar que dizia mais do que suas palavras, organizava as prateleiras de oferendas, iluminadas por pequenas lâmpadas que imitavam o brilho das velas. Ela se movimentava com calma, em contraste com a energia latente de Javier.

Nesta época do ano, a loja vivia com grande fluxo de turistas, a maioria estrangeiros que se divertiam observando as cores vibrantes e os detalhes das fantasias típicas do *Día de Muertos*. Roupas bordadas à mão, máscaras de caveiras com pedras brilhantes e flores artificiais, coroas de cempasúchil e até crânios de açúcar com nomes escritos em glacê faziam parte do acervo, dispostos em prateleiras e mesas de madeira escura.

Javier observava tudo atentamente, especialmente o casal de turistas que tirava fotos com o celular e mexia nas máscaras dispostas em um suporte giratório. O aviso "NÃO RETIRE AS MÁSCARAS. PEÇA AJUDA!" estava claro, em espanhol e inglês, impresso em letras grandes e com uma ilustração de uma caveira com olhos arregalados ao lado, mas o homem, de pele clara e olhos azuis brilhantes de entusiasmo, parecia ignorar a instrução.

— Carl, olha só essa aqui! — disse a mulher, loira e com sotaque americano, apontando para uma máscara decorada com pedras e pintura dourada, tradicional e cara, pendurada no suporte.

Carl sorriu e, sem pensar duas vezes, retirou a máscara do gancho, ajustando-a no rosto. Ele começou a fazer caretas e movimentos exagerados, andando de um lado para o outro, enquanto a mulher ria, divertindo-se com a performance.

Javier fechou as mãos em punho, tentando se conter. Onde estava a maturidade daquele cara? Ele sabia que Elsa odiava qualquer tipo de conflito, mas ver o homem se divertindo com a máscara como se fosse um brinquedo de plástico barato fazia seu sangue ferver.

Quando Carl se virou para a mulher, inclinando-se dramaticamente com uma voz zombeteira, Javier viu a máscara escorregar e cair no chão. Javier parecia que havia previsto.

O som seco do impacto ressoou pela loja, atraindo olhares de outros clientes. Javier viu uma pequena rachadura na lateral da máscara, e aquilo foi o suficiente para ele explodir. Ele fixou os olhos no casal.

— *Señor*, essa máscara é delicada e cara! — disse, misturando o bom espanhol e um inglês um pouco arcaico, a voz firme e cheia de indignação. — Está quebrada agora, e o *señor* vai ter que pagar por isso.

Carl olhou para Javier com uma expressão que ficava entre o susto e a confusão. Ele claramente não esperava que aquele jovem magro, mas com uma presença imponente, reagisse de forma tão direta. A mulher ao lado dele soltou uma risadinha, como se a situação fosse uma inconveniência sem importância.

— Eu só estava brincando, rapaz — disse Carl, em inglês, encolhendo os ombros. — Não precisa ser tão antipático. Foi um acidente.

Javier deu alguns passos, mancando de uma perna, para fora do balcão, o olhar sério.

— Isso aqui não é um... um... parque de diversões. Essas máscaras têm valor, são feitas com cuidado. E o *señor* não respeita o aviso.

O tom de sua voz estava ficando mais alto, e os turistas ao redor começavam a observar com cautela, como se presenciassem o início de um embate desagradável.

O estrangeiro Carl balançou a cabeça e agarrou a mão da mulher.

— Vamos embora daqui — disse ele, irritado, sem dar atenção ao pedido de Javier. O casal se virou e saiu da loja apressadamente, fazendo a sineta eletrônica da porta soar.

Mas Javier não deixou por isso. Com passos claudicantes, ele os seguiu até a porta da loja e, sem pensar duas vezes, saiu atrás do casal na calçada.

— Ei! Vocês não podem simplesmente ir embora assim! — ele exclamou, a voz agora alta o suficiente para atrair a atenção de quem passava pela rua.

Nesse instante, Elsa surgiu rapidamente na porta. Por trás dela, os outros turistas que ainda restavam na loja também saíram.

Ela colocou a mão firme sobre o braço de Javier, puxando-o levemente para trás.

— *Perdónanos*, está tudo bem — disse aos turistas com um tom suave e conciliador, embora houvesse firmeza em seus olhos. — Não se preocupem com isso. Foi um... mal-entendido. É assim que se fala, não é?

Carl e a mulher trocaram olhares e, sem dizer mais nada, foram embora rapidamente, entrando em um carro que estava estacionado em frente à loja. Javier observou o veículo se afastar, a mandíbula ainda tensa, os punhos cerrados.

Elsa suspirou ao lado dele, soltando seu braço e o olhando de lado, com a expressão que Javier conhecia bem, de reprovação suave, mas preocupada.

— Javier, já avisei que você precisa aprender a controlar as suas reações — disse ela, balançando a cabeça. — Não pode agir assim com todo cliente que não respeita as regras. Vai acabar afastando as pessoas, fazendo com que pensem que somos hostis.

Javier soltou o ar com força, ainda frustrado.

— Mãe, você viu como eles trataram a loja? Todos os anos é a mesma coisa. Turistas que vêm para "apreciar a cultura" e tratam tudo como se fosse uma piada, um show para eles se divertirem. Eles chegam, mexem em tudo, quebram, saem sem pagar... Parecem não ter nenhum respeito por nossa tradição. É como se só estivessem aqui só para tirar fotos e mostrar para os amigos que participaram de alguma "celebração exótica"... e, no fim, eles só querem risadas e souvenirs baratos.

Elsa sorriu, compreensiva, mas balançou a cabeça de leve.

— Eu sei, meu filho, que às vezes é frustrante. Mas nem tudo que diz é verdade. Se todos saíssem sem pagar, não estaríamos aqui. A cidade depende desses turistas, e nossa loja também. Podem não entender tudo sobre nossa cultura, mas quem sabe, talvez um dia, com o tempo, aprendam.

Javier fitou o chão por um momento, lutando contra a raiva e a frustração que ferviam dentro dele. Ele sabia que Elsa estava certa, mas aquela ideia o incomodava. A loja significava muito para ele, não apenas como o trabalho da família — que há muito tempo se resumia aos dois, apenas —, mas como um pedaço vivo de sua cultura e história. Aquelas máscaras não eram apenas objetos de venda; eram símbolos de um legado, de uma memória coletiva que ele sentia a responsabilidade de proteger.

Elsa, percebendo que ele não responderia, tocou o ombro dele de maneira reconfortante e voltou para dentro da loja. Javier permaneceu na calçada, os olhos seguindo o carro que desaparecia ao longe da Malecón Boardwalk. A irritação começava a dar lugar a um sentimento de resignação, mas ele sentia que ainda não conseguia se conformar completamente. Era jovem, e a ideia de ceder tão facilmente diante de qualquer advertência era algo que, para ele, soava como uma derrota.

Por fim, respirou fundo e virou-se, retornando com seus passos claudicantes para dentro da loja. Encontrou Elsa já reorganizando as máscaras no suporte giratório, segurando com delicadeza a máscara rachada que o turista havia derrubado.

— Vou tentar consertar essa — ela disse, olhando-o de soslaio com um sorriso encorajador. — Não se preocupe, Javier. Eles vão embora, mas nós ficamos.

Javier assentiu em silêncio, sentindo a calma de Elsa aos poucos arrefecer sua raiva. Ele sabia que, no fim, Elsa tinha razão. As raízes deles estavam ali, e resistiriam a cada ano, a cada grupo de turistas que viesse e partisse. Já tinham enfrentado situações muito piores, que haviam deixado pequenos grãos insolúveis até o momento.

Quanto a isso, algo lhe dizia que aquele *Día de Muertos* seria diferente de todos os outros.

4.

O restaurante El Toro del Mar era um típico local mexicano, com cadeiras de madeira rústica e paredes decoradas com murais coloridos que retratavam cenas da vida costeira de Puerto Vallarta. As luzes de velas e lanternas penduradas criavam um brilho quente e acolhedor, e a brisa noturna trazia o perfume suave do mar que se misturava com o aroma de especiarias e pratos recém-preparados. Daniel Sachs e Nilla estavam sentados à mesa, as mãos entrelaçadas sobre a toalha colorida. Aquela era uma noite para celebrar.

A comemoração já durava o dia inteiro, e Daniel, com um brilho nos olhos e a voz ligeiramente arrastada pela tequila que acompanhava os drinks desde o meio da tarde, não conseguia conter o entusiasmo. Havia pedido para Nilla qualquer coisa que ela quisesse, como um presente especial, mas ela apenas sorrira e dissera que tudo o que desejava era dividir a noite com ele naquele lugar charmoso.

— É incrível pensar em como tudo mudou de uma hora para outra, não é? — comentou ele, apoiando o queixo na mão, os olhos fixos nela com uma expressão de ternura e espanto. — Quero dizer, depois de tudo o que passamos, de todo o sofrimento... aqui estamos nós.

Ela sorriu, levando a taça de vinho aos lábios e assentindo com o olhar, sempre atento e caloroso. Daniel sabia o quanto Nilla havia se esforçado para aquela nova chance. Eles tinham passado meses em consultas, exames e tratamentos. Nilla fora determinada, persistente, mesmo após o acidente no Rio de Janeiro, o aborto indesejado. Aquele momento, que poderia ter sido fatal, não tirou apenas o bebê deles, mas quase destruiu o espírito de ambos. A culpa e o pesar tinham sido esmagadores.

— Foi uma jornada longa, Daniel — disse ela, um sorriso suave emoldurando seus lábios. — Mas eu sempre soube que valeria a pena, entende? Mesmo nas noites mais difíceis, quando parecia que tudo estava desmoronando... você me ajudou. Você estava lá quando mais precisei. Eu nunca deixei de acreditar.

Daniel desviou o olhar para o copo, onde o gelo derretia lentamente na sua bebida âmbar. As memórias do acidente, o outro carro, a batida... apesar do avanço dos anos, tudo ainda estava muito vivo em sua mente. Ele sentia o peso da culpa se infiltrando, como sempre fazia quando se lembrava daquele dia. Se ele não tivesse insistido para se mudarem para o interior, talvez não tivessem sofrido o acidente. Talvez o bebê ainda estivesse com eles.

— Sinto muito por tudo isso, Nilla. Não importa o quanto eu tente... às vezes me pergunto como você consegue me perdoar — murmurou ele, a voz baixa, enquanto mantinha o olhar fixo no copo.

— Eu deveria ter ouvido você. Deveria ter evitado aquela estrada. A culpa é minha, e isso me consome até hoje.

Ela levou a mão ao rosto dele, os olhos brilhando com compreensão.

— Daniel, escuta... já falamos sobre isso inúmeras vezes. Não podíamos controlar o que aconteceu. Só podemos seguir em frente e aproveitar cada segundo que temos juntos agora.

Ele segurou a mão dela, apertando com firmeza, tentando absorver aquela força silenciosa que sempre admirara. Nilla era uma mulher de fibra, e era seu alicerce, a pessoa que o mantinha de pé mesmo nos momentos de maior fragilidade.

Daniel suspirou, esboçando um sorriso, e decidiu que iria aproveitar aquela noite como ela merecia, deixando o passado para trás.

— Você sempre sabe o que dizer, não é? — ele comentou, um sorriso pequeno brincando no canto dos lábios.

Ela se inclinou para lhe dar um beijo rápido.

— É a minha melhor parte — disse, pegando o celular. — Agora, que tal uma pequena postagem para lembrar deste dia?

Ela abriu o Instagram e escolheu algumas fotos que tiraram ao longo do dia: Daniel sorrindo ao lado dela na piscina, os drinks coloridos, a vista deslumbrante do resort Mar y Sol e, claro, o exame de gravidez. Com um sorriso satisfeito, publicou o carrosel de fotos, sentindo a onda de felicidade e entusiasmo aumentar à medida que se afastava das memórias difíceis e se concentrava no presente.

No mesmo instante em que terminou a publicação, a comida chegou. O garçom colocou pratos repletos de sabores típicos mexicanos sobre a mesa. Tacos com carne bem temperada, guacamole, enchiladas cobertas com queijo derretido e pimentas, tudo exalava aromas irresistíveis.

— Vamos aproveitar a comida então, *"señora"* fotógrafa. Preciso de toda a energia para aguentar essa noite especial — brincou Daniel enquanto ambos mergulhavam nos pratos, saboreando cada pedaço.

Eles riram, compartilharam várias pequenas boas memórias do relacionamento, entre garfadas e goles de bebida. Estavam no auge do jantar quando Nilla sentiu o celular vibrar. Olhou distraída e sorriu ao ver que já havia várias reações às fotos.

— Amor, olha só, parece que estão felizes pela gente. — Ela mostrou o celular para ele enquanto ele a observava com atenção.

Mas enquanto Nilla rolava os comentários, uma notificação diferente surgiu. Era uma mensagem direta de um perfil que ela nunca tinha visto antes: @ElFantasmaEnmascarado. A foto de perfil mostrava uma máscara de luta livre mexicana, do tipo tradicional, com olhos vazados e expressão enigmática. Intrigada, Nilla abriu a mensagem, mas ficou desconcertada ao ver apenas um QR Code.

— Daniel... olha isso aqui — ela disse, franzindo a testa.

Daniel pegou o celular, os olhos semicerrados pela bebida e pela surpresa. Ele clicou para ver o perfil do usuário, mas imediatamente percebeu que estava bloqueado para qualquer visualização.

— Estranho. Só tem esse QR Code. Esse tipo de coisa sempre me deixa desconfiado — disse, tentando entender quem poderia ter enviado aquilo. — Tenha cuidado com isso, pode ser um golpe. Hoje em dia está cheio deles por aí.

Nilla puxou o celular de volta, fechando a mensagem.

— Esquece, amor. Não vamos deixar nada estragar nossa noite — sussurrou ela, colocando a mão sobre a dele e dando um sorriso provocante. — Tenho uma ideia melhor do que a gente pode fazer quando chegarmos no quarto.

O rosto de Daniel se iluminou, e ele soltou uma risada.

— Gosto muito dessa sugestão! Talvez devêssemos ir agora mesmo.

— Mas não é cedo ainda? — perguntou ela.

— A ideia foi sua! — disse rindo.

Eles chamaram o garçom e Nilla pegou o celular para pedir um Uber de volta ao resort. Enquanto o aplicativo mostrava o tempo estimado de chegada, Daniel não conseguia tirar o pensamento do perfil obscuro de sua cabeça. Não era um homem ciumento, nada disso.

Mas seu sentido de alerta sempre o deixava incomodado com essas coisas. Quem seria aquele tal "Fantasma Enmascarado"? Havia dois dias que estavam no México e não tinham feito nenhuma amizade até então. Por que alguém enviaria uma mensagem tão enigmática? Tão estranha?

O Uber chegou e eles entraram no carro, entrelaçando os dedos enquanto a cidade passava pelas janelas. A luz suave dos postes e as fachadas coloridas se mesclavam num cenário hipnotizante. Daniel tentou afastar o desconforto, mas havia algo que não o deixava completamente tranquilo. Contudo, decidiu confiar em Nilla e focar no que mais desejavam: a noite, o momento e a promessa de um novo começo.

Por mais que aquela mensagem esquisita ainda rondasse sua mente, ele sabia que o que mais importava estava bem ali, ao alcance de suas mãos.

5.

Maria González parou na entrada da Iglesia de Santa Luz de los Milagros, com seu xale sobre a cabeça e ombros, e respirou fundo. O ar carregava um perfume sutil de velas e incenso, um cheiro que sempre trazia consigo um misto de paz e lembranças. Dentro de poucos minutos a missa começaria, e ela queria estar ali, sentada, sentindo cada palavra e cada prece. Não para se redimir totalmente dos erros que cometera — sabia que alguns fardos eram eternos —, mas para encontrar ao menos um resquício de paz em meio à escuridão que parecia acompanhá-la para onde fosse.

Assim que entrou, o ar pesado da igreja, iluminado apenas por tímidos feixes de luz que passavam pelas vitrines coloridas, pareceu cercá-la por completo. Ela escolheu um banco de madeira em uma das fileiras mais próximas ao altar. O evento do *Día de Muertos* estava quase em seu auge na cidade, atraindo turistas curiosos que vinham conhecer o lado tradicional e espiritual de Puerto Vallarta. Alguns deles caminhavam pelo interior da igreja, observando os detalhes das imagens sacras, sussurrando entre si, como se aquele lugar fosse apenas mais um ponto turístico a ser explorado.

Maria desviou o olhar deles. Não queria se distrair, nem pensar no motivo de eles estarem ali. O *Día de Muertos* era um evento popular, celebrava-se a vida daqueles que se foram, mas, para ela, representava uma lembrança de arrependimento e dor. Ignorar o significado daquela data era seu modo de não mergulhar nas lembranças doloridas.

O ambiente familiar e reconfortante da igreja a fazia recordar de sua infância, quando crescera em um lar católico. Desde pequena, sentira uma ligação especial com os ritos, os símbolos, as imagens de santos e, principalmente, o grande crucifixo que pairava acima do altar. Esses símbolos sempre a fizeram sentir-se segura, protegida, como se ali, sob o olhar de Nossa Senhora e da grande cruz, encontrasse refúgio contra tudo o que existia fora daquele lugar. No entanto, hoje a sensação era mais ambígua. Sim, sentia paz, mas junto dela vinha a culpa, constante, inescapável. Uma culpa que nenhuma confissão ajudaria a retirar.

Ela respirou fundo, tentando focar no que a levara até ali. Com o terço nas mãos, ajoelhou-se diante do banco, inclinando a cabeça e murmurando suas preces. Fechou os olhos, tentando esvaziar a mente. Seu corpo acompanhava os movimentos familiares: o cruzar dos dedos, o deslizar das contas do rosário entre suas mãos, cada sussurro que ecoava em seu coração. Rezava não apenas por si, mas por todos aqueles que um dia estiveram ao seu lado e que, por um motivo ou outro, ela não fora capaz de manter junto de si.

Ainda ajoelhada, Maria voltou o olhar para o grande crucifixo sobre o altar, aquele símbolo que sempre lhe transmitia uma mistura de temor e consolo. Havia algo inabalável nele, algo que a fazia se sentir pequena, mas ao mesmo tempo protegida. Naquele instante, com o peso eterno de seu passado caindo sobre seus ombros, era um dos poucos momentos em que ela conseguia encontrar alguma paz. Estar diante da cruz trazia uma calma silenciosa, uma trégua temporária de suas inquietações.

Então sentiu uma presença próxima. Ao erguer o rosto, percebeu, sentada na outra extremidade do mesmo banco, a figura de Elsa Ortiz. Elsa e Maria eram quase como duas estranhas agora, mas outrora haviam sido muito próximas. Durante anos, a presença de Elsa tinha sido constante em sua vida, e pensar nisso agora trazia uma estranha melancolia, mas logo substituível, por tudo que havia ocorrido com elas. As duas mulheres trocaram olhares, um instante de reconhecimento silencioso e solene, mas sem qualquer palavra. Não era o momento para conversarem e, de qualquer forma, talvez não tivessem muito o que dizer.

Maria voltou a encarar o altar, mas sua mente não conseguia evitar a presença de Elsa ao seu lado. Perguntou-se o que a mulher trazia no coração, como lidava com as culpas que também carregava, as dores que devia enfrentar. Porque, se ela mesma sentia a gravidade dos seus erros, Elsa também parecia confrontar seus próprios demônios.

Aquele era um momento de arrependimento, de fé silenciosa, mas cada uma enfrentava suas próprias sombras.

Ao fundo, atrás do altar, uma porta lateral se abriu e o velho e conhecido padre apareceu, preparando-se para o início da missa. Ele caminhou em direção ao altar, vestindo seus paramentos, e fez o sinal da cruz, sua voz ressoando pela igreja enquanto iniciava a missa. Quando seus olhos se cruzaram com os de Maria, algo dentro dela congelou. Era uma sensação que conhecia muito bem — uma espécie de mistura entre medo e aceitação.

Conforme a missa prosseguia, percebeu que Elsa também estava com o terço nas mãos, rezando de maneira concentrada. Era estranho, mas, mesmo em silêncio, Maria sentia que compartilhavam aquela experiência de maneira íntima, cada uma perdida em sua própria prece, mas unidas pelo passado que ambas tentavam suportar. Estavam ali, juntas, mas separadas, ligadas por uma espécie de laço invisível de dor e arrependimento.

As palavras da homilia ressoavam dentro de Maria de forma quase personalizada. O padre falava sobre o perdão, sobre a capacidade de deixarmos o passado para trás e de sermos renovados pela fé. Maria fechou os olhos, tentando absorver cada palavra, mas também tentando bloquear o turbilhão de sentimentos que a assolava. As memórias de seus erros, das decepções, das consequências e do que ela poderia ter feito diferente vinham à tona como um fluxo incontrolável.

Ao final da missa, Maria permaneceu sentada por mais alguns minutos. A igreja foi esvaziando, os turistas e os fiéis se dispersando lentamente. Sentiu o alívio que o silêncio proporcionava, aquele momento de quietude que vinha após as orações e cânticos, quando o espaço se tornava apenas seu, uma extensão de sua própria alma. Elsa ainda estava ao seu lado, imóvel, também absorvendo aquele momento final, como se ambas soubessem que era a última chance de encontrar a paz que procuravam.

Sem se encarar novamente, Elsa se levantou, e Maria a observou caminhar até a saída. A figura da mulher sumiu ao cruzar as portas de madeira da igreja.

Finalmente, Maria se ergueu, guardou o terço e fez o sinal da cruz, despedindo-se do altar e do grande crucifixo que a observava do alto.

Cada passo em direção à saída da igreja parecia pesado, como se o próprio solo a puxasse de volta. Não era fácil deixar aquele lugar onde ela ainda encontrava um pouco de si mesma, da pessoa que fora antes de cometer seus erros, antes de ser consumida pela culpa, diante de todas aquelas imagens sacras que povoavam a igreja.

Uma lembrança de que Deus via tudo.

6.

Daniel abriu a porta do quarto e ajudou Nilla a entrar, o braço dela enroscado no dele enquanto se equilibrava nos saltos sobre o piso liso do resort Mar y Sol. O dia tinha sido intenso. A euforia e a alegria da notícia da gravidez, o jantar farto no restaurante e as doses generosas de bebida ao longo do dia estavam começando a pesar sobre ele. O enjoo o dominava, e uma sensação de tontura se somava ao leve amargor que a comida mexicana e a tequila deixaram em seu paladar. Mas nada disso tirava o sorriso de seu rosto. Ele estava com Nilla, e o momento era único, cheio de promessas.

Ele parou um segundo, ainda se acostumando com o quarto — era simples, mas elegante, com móveis de madeira rústica e grandes janelas de vidro que davam para a sacada e ofereciam uma vista espetacular das luzes de Puerto Vallarta. Nilla sorriu para ele, inclinando a cabeça de lado, e ele não resistiu. Aproximou-se, puxando-a gentilmente pela cintura e beijando-a, o perfume floral dela acalmando seus sentidos.

— Espera — ela disse, afastando-se com delicadeza. — Estou um pouco... grudenta. Preciso de um banho antes de tudo. E prometo que depois você terá minha total atenção — murmurou com um brilho divertido nos olhos.

Daniel a soltou com relutância, mas sorriu, assentindo.

— Combinado. E acho que vou precisar desse banho também. Mas primeiro é a sua vez — respondeu ele, observando enquanto ela se dirigia para o banheiro, fechando a porta atrás de si.

Quando o som do chuveiro começou a ecoar pelo quarto, Daniel ficou um momento parado, ouvindo o som da água, como se ele mesmo estivesse sendo levado por uma corrente. Sentou-se na cama, massageando as têmporas enquanto tentava dissipar o leve torpor que o incomodava. Mas, antes que pudesse relaxar, a estranha mensagem recebida por Nilla voltou à mente. Era o tipo de situação que ele detestava. Aquela intrusão misteriosa de um perfil chamado @ElFantasmaEnmascarado enviando um QR Code no Instagram de Nilla o deixava inquieto. A foto de uma máscara de luta livre mexicana lhe parecia, no mínimo, provocadora ou ameaçadora.

Ele olhou para a porta do banheiro e, sem pensar muito, pegou o celular de Nilla, desbloqueando-o rapidamente. Com seu próprio celular, escaneou o QR Code que Nilla havia recebido. O código o levou a baixar um aplicativo chamado "Aeternus", um nome curioso. Intuitivamente, Daniel fez o download. Assim que o instalou, surgiu uma página de espera de videochamada privada.

Daniel franziu o cenho, hesitante, enquanto a tela piscava, carregando a conexão.

Após alguns segundos de silêncio tenso, um clique soou pelo alto-falante do celular, e a imagem de um homem surgiu na tela. Ele parecia ter cerca de cinquenta e poucos anos, cabelos grisalhos bem aparados e olhos duros por trás de óculos de grau, que contrastavam com seu semblante calmo. Usava uma camiseta escura, e o cenário ao fundo era neutro, como se estivesse em um local isolado e propositalmente sem referências.

O homem franziu levemente o cenho ao ver Daniel, mas manteve a calma, sua voz saindo baixa e controlada, num espanhol que Daniel compreendia perfeitamente.

— Daniel Sachs. Você está sozinho?

A pergunta o pegou desprevenido. Daniel olhou para o banheiro, ouvindo o som da água do chuveiro, e depois voltou o olhar para a tela.

— Sim, estou — respondeu, sem disfarçar o desconforto.

O homem assentiu com um pequeno sorriso calculado, como se cada palavra estivesse cuidadosamente ensaiada.

— Ótimo. E é assim que sempre deve ser. Nossas conversas precisam acontecer sem interrupções.

Daniel sentiu a irritação crescer. O tom autoritário e arrogante do estranho o incomodava profundamente.

— Escuta, quem é você? É o tal "Fantasma Enmascarado"?

O homem ergueu uma sobrancelha, o rosto permanecendo inexpressivo. Suas respostas demoravam cerca de dois segundos para acontecer, e Daniel se lembrou que chamadas de vídeos feitas especialmente com o uso do Wi-Fi precário do resorts e hotéis geralmente causavam um *delay* costumeiro como aquele.

Finalmente, ele disse:

— Fantasma Enmascarado é apenas um codinome, Daniel. Estou aqui porque preciso de ajuda. — Ele pausou, deixando que o silêncio denso preenchesse o espaço. — Amanhã à noite haverá um evento de *lucha libre* em Puerto Vallarta. Você deve comparecer. Diga à sua esposa que a ideia foi sua, já que inevitavelmente terá que levá-la.

Daniel cruzou os braços e fitou o homem com uma expressão de desdém, a dor de cabeça incomodando.

— O que é isso? Eu não vou mentir para Nilla, e muito menos sem saber o motivo. Quero uma explicação para esse contato. Como você sabe quem somos e onde estamos?

O homem se manteve calmo, o olhar firme, avaliador.

— Sei de muitas coisas, Daniel. Sei sobre Veneza, sei sobre o caso em Pocklington... e a sua fama de repórter investigativo inadvertido, que alcançou até mesmo essas paragens. E sei que você, mais do que qualquer outra pessoa, entende que há assuntos que exigem discrição. Em relação à segunda pergunta, a resposta é óbvia. Quando sua esposa publicou as fotos, isso só certificou que vocês estavam no México.

Parece que tudo o que é importante tende a ser mesmo guardado para o momento certo. — Ele fez uma nova pausa, como se observasse a reação de Daniel.

Daniel sentiu o sangue gelar. Veneza, Pocklington... o que ele sabia sobre aquelas viagens? Lugares dos quais ele mesmo fazia questão de esquecer, já que... Daniel quase havia morrido nas duas ocasiões.

Sentia-se ainda mais desconfiado, e a sensação de que alguém mexia com algo pessoal, algo que ele queria guardar, o incomodava profundamente.

— Está brincando comigo? — disse ele, o tom incrédulo e impaciente. — Seja quem for, chega de rodeios! O que você quer de mim?

O homem finalmente deu um sorriso discreto, mas seus olhos permaneceram sérios.

— Quero que descubra quem me matou.

O silêncio despencou entre eles.

Daniel ficou sem fala, tentando processar as palavras, sem saber o que responder. O homem, no entanto, parecia esperar exatamente aquela reação.

A tela piscou novamente, e a ligação foi interrompida.

Ele desligou?

Daniel ficou segurando o celular, sentindo a respiração descompassada, o coração acelerado como se tivesse corrido uma maratona. Ele olhou para o visor em branco, o estômago afundando com a gravidade das palavras do homem. A cada segundo, as perguntas se amontoavam em sua mente.

O som da água parou no banheiro e ele rapidamente colocou o celular de Nilla de volta no lugar. Segundos depois ela saiu, envolta em um robe, com os cabelos molhados e um sorriso descontraído.

— Sua vez, "*señor*" Sachs — disse ela, soltando uma risadinha ao se jogar na cama.

Daniel forçou um sorriso e foi até o banheiro, sentindo-se zonzo, mas agora não apenas pela bebida. As palavras do homem continuavam a ecoar em sua mente. Ele entrou no chuveiro, permitindo que a água quente caísse sobre seus ombros e o fizesse relaxar minimamente, mas a tensão persistia. O que aquela mensagem significava? "Descubra quem me matou"?! O homem estava bem vivo, e a imagem não poderia ser mais nítida! Ele não conseguia encontrar uma explicação lógica para aquilo.

Saindo do banheiro, secou-se rapidamente e voltou para o quarto, onde Nilla o aguardava, já com um olhar travesso. Daniel, ainda incomodado, pegou novamente seu celular e, para sua surpresa, viu um aviso do aplicativo Aeternus com duas reservas para a luta livre que aconteceria no dia seguinte. Ficou parado, olhando para tela, sem saber o que fazer.

Nilla pediu que ele largasse o celular, depois estendeu a mão, puxando-o para junto de si e se aninhando contra ele. Daniel obedeceu, deixando o aparelho em cima da mesa de cabeceira. Tentou afastar os pensamentos sobre a estranha videochamada e focou no momento, abraçando Nilla, inalando o perfume suave que ele tanto adorava.

— Daniel... — ela murmurou, deslizando os dedos em seu cabelo. — O que foi? Você parece preocupado.

— Nada demais — ele respondeu, arrependido por não contar nada, e beijando sua testa. — Só um dia de muita bebida... e aquela comida pesada.

Ela sorriu e relaxou contra ele.

— Então, vamos aproveitar cada minuto.

Daniel assentiu, sentindo-se reconfortado pelo calor de Nilla ao seu lado. Mas, por mais que tentasse, a sensação de inquietação não desaparecia.

7.

Alejandro González estava sentado sob a pérgola do jardim de sua grande casa, apreciando o farto café da manhã à sua frente: frutas frescas, pão mexicano, sucos e café fumegante. Em dias como aquele, precisava se alimentar saudavelmente. Era recluso, passava muito tempo em casa, gostava das manhãs tranquilas, e daquele silêncio antes da tempestade das lutas. Mas, naquele dia, a tranquilidade estava acompanhada de uma eletricidade no ar, um presságio do evento monumental que aconteceria à noite.

Alejandro segurava o celular, os dedos fortes e calejados rolando a tela com certa impaciência. Ele não era de se envolver com notícias, mas a manchete capturou sua atenção imediatamente: "Relámpago Escarlata enfrenta o desafio da noite: um evento dos mortos!". Claramente, uma associação com a maior festa mexicana, que aconteceria em dois dias. Ou seria algo relacionado a... não, melhor pensar que não! Seus olhos percorreram as linhas do artigo, que destacava a importância da luta para os fãs de todo o mundo que chegavam ao México para a celebração. Era um dia em que tradições profundas e combates intensos se entrelaçavam, atraindo não apenas os mexicanos, mas também turistas estrangeiros curiosos para vivenciar o espetáculo e a cultura que ele representava.

Ele sabia que a noite não seria como as outras. A expectativa era alta, e seria o foco das atenções. Sentia a responsabilidade, mas também a empolgação. Estava defendendo o cinturão em uma luta tão especial e, no fundo, só desejava que seu pai estivesse ali para vê-lo, para se orgulhar.

De repente, ouviu passos ao lado. Era Teresa, a principal empregada que cuidava da casa, acompanhada de uma figura familiar: Ricardo Sarmiento. Embora já tivesse passado dos 70 anos, o empresário idoso estava sempre com a postura altiva e o mesmo sorriso calculado que Alejandro lembrava de sua infância, a mesma expressão que costumava ser dirigida ao seu pai.

Teresa perguntou se o homem queria aproveitar o café, e o mesmo respondeu rispidamente, apenas abanando a mão para ela. Desde que se conhecia como gente, Alejandro sabia que El Zorro não era um homem de muitas palavras, mas continuava sendo uma lenda na indústria da *lucha libre* mexicana. Ele havia gerido a carreira de seu pai até o fim, e agora cuidava da de Alejandro com o mesmo zelo. Estava impregnado naquela família.

Diversas vezes ele se perguntou de onde vinha o apelido, até que convenceu-se sozinho que Ricardo nunca havia deixado de usar aquele bigode fino que, outrora, já fora bem negro e comprido.

Alejandro recebeu o olhar do homem.

— Está concentrado para a luta? — Ricardo disse, sentando-se à frente de Alejandro sem esperar convite. Era como uma pessoa de casa.

Alejandro largou o celular e levantou a xícara de café para o empresário.

— É difícil ignorar um evento desses — respondeu.

Ricardo olhou ao redor, parecendo absorver o ambiente do casarão e os detalhes que refletiam a história da família. Devia estar se lembrando dos dias em que Fuego Estelar pisava naquele jardim. Ao menos, era o que Alejandro desejava que se lembrasse, e não de outras coisas que iniciaram ali. E Alejandro aprendera, com o tempo, que aquele era um lugar sagrado para os dois. Porém, não viu nenhuma emoção nos olhos do velho. Ao contrário do olhar brilhante do pai, que o abraçava efusivamente sempre que recebia a água benzida de suas mãos.

— Hoje você vai superar a lenda de Fuego Estelar. Muitos amaram seu pai, é verdade, mas eu vejo potencial para que o amem ainda mais — disse Ricardo.

Alejandro sentiu o peso das palavras, mas se recusou a permitir que Ricardo fizesse dele um mero substituto. Ele sabia que seu pai havia morrido exatamente em um dia como aquele, há 14 anos. Era um dia de luto e, ao mesmo tempo, de honra para ele. Estar no ringue representava uma forma de manter a memória de Fuego Estelar viva, de lembrar a todos que ele era filho de um herói.

— Eu sei que a maioria amou meu pai, Ricardo. Mas ninguém o amou mais do que eu. Eu sou filho dele, não apenas seu sucessor — disse Alejandro, os olhos fixos em Ricardo, que se manteve impassível, sem responder de imediato.

Ricardo se inclinou um pouco, apoiando os cotovelos na mesa e entrelaçando as mãos.

— Claro que você o amava, Alejandro. Mas o que ele fez foi criar algo maior que ele mesmo. O público... ah, o público quer alguém que os faça sentir novamente. Eles que se despediram de Fuego Estelar, estão prontos para abraçar Relámpago Escarlata com a mesma paixão. Não se esqueça. Você precisa ser perfeito.

Alejandro sorriu, mas era um sorriso cheio de amargura. Havia uma verdade nas palavras de Ricardo, mas também uma visão fria, quase calculista, que o incomodava profundamente.

— Sei muito bem que o público precisa de algo. Mas, para mim,

Ricardo, essa luta significa mais do que fama e aplausos. Essa noite... é um tributo. É o aniversário de sua última luta, o dia em que o perdemos. Não sou apenas o novo ídolo do México. Estou defendendo o que ele construiu.

Ricardo observou o jovem lutador em silêncio, como se o estivesse avaliando. Ou admirando.

— Então espero que tenha ensaiado a coreografia direitinho, Alejandro. Não podemos ter falhas esta noite. O espetáculo é tão importante quanto a luta em si, você sabe disso.

Alejandro levantou uma sobrancelha, rindo com sarcasmo.

— Ricardo, desde quando eu o decepcionei? — perguntou retoricamente, a voz carregada de confiança e... expiação.

O velho esboçou um sorriso raro, talvez com uma pontada de orgulho. Ele sabia que Alejandro era dedicado, que possuía uma disciplina que muitos outros lutadores invejariam. E era isso que o fazia, talvez, acreditar que a noite seria um sucesso.

— Não estou preocupado que esqueça. Só quero ter certeza de que entende a glória que está prestes a alcançar. Hoje, Alejandro, o México vai ver em você a lenda de Fuego Estelar renascendo.

O jovem respirou fundo, sentindo as palavras de Ricardo como um golpe inesperado. Para ele, não se tratava de superar o pai, nem de ofuscá-lo. O amor que sentia por Fuego Estelar era algo que transcenderia qualquer luta, qualquer cinturão. Ele lutava com o coração, e o fato de estar no ringue em um dia como aquele, honrando a memória de seu saudoso pai, fazia com que a luta tivesse um significado que o público jamais poderia entender por completo.

— Eu sei o que preciso fazer — disse finalmente, a voz séria, firme. — Mas não se engane, Ricardo. Não estou lutando para ser maior do que ele. Estou lutando para que o México e o mundo nunca esqueçam de quem ele foi.

Ricardo assentiu, mas o olhar perspicaz do empresário não deixava escapar que ele enxergava as coisas de forma diferente.

— Se é isso que você quer, então, que seja. Apenas lembre-se: o público, no fim das contas, quer uma história. Eles querem um novo ídolo. E essa é a sua chance, Alejandro.

Ele se levantou, alisando a lapela do seu paletó amarrotado e lançando um último olhar para o jovem lutador. Alejandro observou o empresário ir embora, os passos decididos de um homem que sempre estava à frente, sempre olhando para o próximo lance, o próximo lucro.

Quando ficou sozinho, Alejandro abriu o celular e olhou para o retrato antigo de seu pai. Seu peito apertou com a familiar mistura de saudade e determinação. As palavras de Ricardo ainda pareciam flutuar à sua frente, mas ele sabia que sua missão era clara. Defenderia o cinturão e mostraria ao México que o legado de Fuego Estelar não havia desaparecido, mais do que dar um novo ídolo para eles.

Naquela noite, no ringue, Relámpago Escarlata lutaria não apenas por si mesmo, mas por um amor inabalável, pelo respeito àquele que o inspirara a cada passo e soco no caminho.

8.

A luz do quarto estava acesa, no começo daquela noite que seria majestosa, lançando sombras dançantes nas paredes. Diante do armário aberto, o homem observava a fantasia toda preta pendurada com um cuidado quase ritual. Ali, entre peças comuns de roupa e alguns objetos soltos, o traje se destacava, envolto em uma aura escura e intimidadora. No centro, balançando levemente ao toque de uma brisa invisível, estava a máscara.

O homem ficou imóvel, os braços possantes cruzados, estudando cada detalhe da fantasia. As linhas negras, os contornos afiados, a máscara que escondia todos os traços do rosto, criando uma figura quase sobrenatural. Não era apenas um traje; era uma transformação.

Ele ergueu um dos braços, notando como os músculos se retesavam sob a pele, prontos, preparados, marcados pelas tatuagens com símbolos católicos. Lentamente, estendeu a mão e agarrou a fantasia. O tecido deslizou pelos dedos, áspero e firme, emanando uma energia que parecia pulsar no ar ao seu redor.

Um a um, ele vestiu cada pedaço. Primeiro, os braços e tatuagens cobertos, depois o tronco, a peça que se ajustava ao seu corpo como uma segunda pele. Era como um ritual silencioso, e cada movimento tinha uma precisão quase militar. As mãos cobertas, as pernas envolvidas pelo tecido escuro, e então, por fim, seria a máscara.

Ele a segurou na frente do rosto, encarando-a por alguns instantes, estudando os olhos vazios que o observavam de volta. Era mais que um simples objeto. Era um símbolo, uma personificação da raiva, do poder que ele sentia crescer dentro de si.

Com um único movimento, ele encaixou a máscara sobre o rosto, ajustando-a perfeitamente. Naquele instante, algo mudou. Ele sentiu o poder que a fantasia conferia. Os músculos enrijeceram, como se cada fibra do corpo tivesse se transformado em aço. Sentiu a respiração mudar, mais lenta, mais profunda. O coração batia forte, quase rítmico, em uníssono com o desejo que lhe queimava o peito.

Uma sombra feroz cobriu seus olhos, e ele murmurou, a voz grave e decidida, uma promessa para si mesmo:

— Chegou a hora de lutar pelo que é meu.

9.

— Mas de onde você tirou essa ideia de irmos assistir a uma luta livre? — perguntou Nilla enquanto ajeitava o vestido elegante dentro do Uber. Ela raramente se vestia de maneira tão sofisticada para eventos casuais, mas gostava de separar roupas impecáveis, especialmente em viagens como aquela.

Daniel sorriu de canto, observando-a com ternura, enquanto o Uber os conduzia pela avenida cheia de luzes e pessoas.

— Achei que você fosse gostar de conhecer um pouco mais das tradições mexicanas. Soube que hoje vai ser um evento especial — respondeu ele, tentando parecer natural.

Ela cutucou ele com o cotovelo, de leve.

— E de onde você tirou isso? Foi o garçom do bar da piscina? — perguntou em tom de brincadeira.

Daniel riu, desviando o olhar para a janela antes de responder.

— Vamos dizer que ontem você fez uma surpresa para mim... agora é a minha vez.

Nilla suspirou, mas havia um brilho no olhar dela que indicava que estava começando a se interessar pela sugestão. Ainda assim, replicou:

— É uma boa ideia para uma grávida ver homens se socando e sangrando no ringue? — Era um contexto fingindo um tom de preocupação, mas ele sabia que ela estava apenas testando seus argumentos.

— Você vai ver que é tudo encenação, fantasia pura. Esses eventos de luta livre não passam de um espetáculo. Eles transformam tudo em uma espécie de teatro com bastante ação. É engraçado, nada muito violento — garantiu, tentando convencê-la.

Ainda que tivesse falado com confiança, sua mente vagava pelas palavras misteriosas do homem na videochamada. O tal "Fantasma Enmascarado" parecia saber muito de sua vida, de detalhes do passado de ambos. A instrução para estar ali, naquela noite, o incomodava profundamente. Desde então, checava o celular a cada instante, esperando alguma atualização do aplicativo Aaternus que o esclarecesse, mas não havia nada.

Nilla olhou pela janela, onde o fluxo de pessoas começava a se intensificar. Quando o carro se aproximou do teatro, Daniel viu uma multidão reunida diante de uma entrada ampla e iluminada por luzes de neon, cercada por estandes de comida, vendedores ambulantes e cartazes coloridos.

— Uau... não esperava que fosse tão grandioso assim — murmurou ele, surpreso com a quantidade de pessoas.

O motorista do Uber, percebendo o comentário, virou-se ligeiramente para ele com um sorriso orgulhoso.

— É uma celebração especial, *señor*. Esta noite, Relámpago Escarlata defende seu cinturão. Seu pai foi um grande lutador também, sabe?

Daniel demorou um instante para entender a explicação em espanhol. Seu conhecimento do idioma ainda era básico, mas após alguns dias em Puerto Vallarta, começava a se familiarizar com as palavras mais comuns e sotaques. Ele assentiu, tentando disfarçar a sensação de deslocamento.

— Relámpago Escarlata? — repetiu ele, processando o nome.

O motorista assentiu com entusiasmo, apontando para um enorme pôster próximo à entrada, onde uma figura imponente, de máscara e capa vermelha com raios, parecia mirar diretamente para ele com um olhar desafiador.

Daniel franziu o cenho, inquieto. *Por que diabos eu preciso estar aqui?* O homem misterioso da videochamada insistira que ele comparecesse, mas a razão ainda era um mistério. Ele não conseguia conectar aquela luta com as informações fragmentadas que o estranho havia fornecido.

— Amor, tudo bem? — comentou Nilla, segurando sua mão e entrelaçando seus dedos com os dele. O sorriso dela estava leve, e a empolgação no rosto indicava que ela estava ansiosa para ver o que os aguardava.

— É, talvez eu esteja um pouco... distraído — admitiu ele, tentando mascarar o incômodo com um sorriso forçado.

Nilla olhou para o enorme pôster de Relâmpago Escarlata.

— Sabe, acho que vou gostar disso. Parece divertido. Meio teatral, como você disse.

Daniel assentiu enquanto o carro finalmente parava e ele olhava para a multidão.

— Espero que sim... — respondeu. Mas, por dentro, a sensação de desconforto só aumentava.

Eles saíram do carro e caminharam até a entrada, onde uma fila de pessoas aguardava para entrar no teatro. A maioria era composta por locais, muitos deles vestindo trajes coloridos e máscaras artesanais de luta livre, além de turistas que tentavam capturar cada detalhe em seus celulares.

Nilla estava agora entregue ao entusiasmo, observando tudo ao redor com olhos felinos enquanto Daniel, apesar de sorrir para ela, continuava imerso em pensamentos. E ele se perguntou pela milésima vez se aquilo era realmente uma boa ideia.

10.

Daniel e Nilla caminhavam pelo corredor em meio à multidão, procurando os lugares marcados em seus ingressos. O som dos alto-falantes envolvia o ambiente, anunciando o evento com uma música animada e frases entusiásticas que reverberavam pelas arquibancadas. À medida que se aproximavam do ringue, Daniel começou a perceber que os assentos designados a eles estavam muito mais perto do que imaginava. *Primeira fileira?*, surpreendeu-se. Nilla pareceu ler seu pensamento.

— Eu não esperava que os ingressos fossem tão bons — comentou enquanto sentavam em suas cadeiras, bem na frente do ringue, com uma visão privilegiada de toda a estrutura.

Daniel olhou ao redor, absorvendo a grandiosidade do evento.

— Achei que seria algo mais simples, mas isso aqui parece uma grande produção.

O espaço estava lotado, e a energia no ar era eletrizante. A iluminação colorida mudava constantemente, destacando o ringue e as arquibancadas em tons vibrantes. Placas de publicidade se espalhavam por todos os lados, exibindo marcas locais e internacionais, especialmente de energéticos, e telões de LED pendurados acima do ringue mostravam imagens animadas dos lutadores da noite. "Relámpago Escarlata" e "Fúria Nocturna" eram os grandes nomes estampados nos telões, acompanhados de gráficos dramáticos e relâmpagos animados.

— Uau... Eu não fazia ideia de que era tão popular — disse Nilla, impressionada. — Olha só a quantidade de gente.

Daniel assentiu, também admirado. Ele nunca imaginara uma arena tão cheia para uma luta livre, ainda mais com um público tão diversificado. Olhando em volta, percebeu que algumas pessoas não tinham características físicas de mexicanos; eram como americanos, europeus ou de origem oriental. Muito fácil perceber que eram turistas. Estrangeiros que, além de celebrarem o Dia dos Mortos em Puerto Vallarta, decidiram aproveitar o evento como parte da experiência cultural.

Alguns dos nativos estavam vestindo máscaras coloridas de lutadores, em uma variedade de cores e estilos, ou mesmo rostos pintados. Cada identidade parecia contar uma história própria, refletindo o legado de décadas de luta livre mexicana. Para Daniel, era algo curioso e nostálgico; ele lembrava vagamente das lutas que assistia quando era criança em um canal de TV no Brasil. Achava engraçado e exagerado, mas nunca imaginou que um dia assistiria a uma luta dessas ao vivo, muito menos em um evento tão produzido.

Sabia também que muitos lutadores de luta livre haviam feito a transição para o cinema, especialmente no cenário americano. Nomes como Dwayne "The Rock" Johnson, que se tornara um dos atores mais bem pagos de Hollywood; John Cena, conhecido por suas atuações em filmes de ação e comédia; e Dave Bautista, que conquistou o público ao interpretar Drax em *Guardiões da Galáxia*, eram exemplos claros de como a luta livre e o cinema se entrelaçavam. Esse movimento não só ajudava a fortalecer a imagem dos próprios lutadores, mas também ampliava o alcance do esporte, popularizando-o ainda mais entre aqueles que talvez nunca tivessem interesse na luta livre, mas que eram fãs de filmes de ação e aventura.

Seu olhar continuava vagando pela plateia, observando as pessoas. Foi então que reparou em uma mulher sentada a alguns lugares de distância. Ela devia ter cerca de 50 anos, mas exibia um ar de sofisticação e confiança que a destacava no meio da multidão. Estava de cabelos presos e vestida elegantemente, com um conjunto de cores escuras e acessórios discretos, mas notadamente caros. Algumas pessoas ao redor apontavam para ela discretamente, outras tiravam fotos. Ao lado dela, uma cadeira vazia chamou a sua atenção.

Quem seria aquela mulher? Ela parecia importante, alguém de destaque na cidade, talvez até uma celebridade local.

Daniel se virou para Nilla, mas ela estava distraída tirando fotos do lugar. Decidiu deixar a curiosidade de lado por um momento e voltou a se concentrar no ringue.

De repente, as luzes diminuíram, e o barulho da multidão aumentou. Uma voz potente ecoou nos alto-falantes, interrompendo as conversas e chamando a atenção de todos. Um apresentador, vestido com um terno preto brilhante e gravata borboleta, apareceu no centro do ringue, segurando um microfone.

— Bem-vindos ao evento mais eletrizante da temporada! Esta noite testemunharemos uma batalha lendária entre dois gigantes da *lucha libre*!

Sua voz reverberava pela arena, e a plateia irrompeu em aplausos e gritos. Daniel sentiu um arrepio de expectativa; era difícil não se contagiar com a energia do lugar.

O apresentador continuou, descrevendo o histórico de cada lutador com dramaticidade.

— De um lado do ringue, teremos o nosso campeão invicto, o temível Relámpago Escarlata! Conhecido por sua velocidade e agilidade fulminante, ele está aqui para defender seu título e honrar o legado de sua família!

A multidão explodiu em aplausos e assobios. As luzes focaram na entrada, onde uma figura ainda jovem, porém musculosa e de pele bronzeada, vestida com uma capa vermelha e máscara escarlate, surgia. Ele caminhava lentamente, com passos calculados, irradiando confiança e poder. A cada passo que dava em direção ao ringue, seus fãs vibravam ainda mais, gritando seu nome e acenando com faixas e bandeiras. Mantinha os braços cruzados junto ao peito, em formato de "V".

Nilla se inclinou para Daniel, sorrindo.

— Tão jovem! Mas realmente parece ser uma lenda, não é?

Daniel assentiu, impressionado.

— Sim, parece. Acho que estamos prestes a ver algo bem especial.

O apresentador ergueu novamente o microfone, e o barulho da plateia diminuiu.

— E do outro lado, seu desafiante, uma força da noite, um adversário feroz que veio para reivindicar a glória! Fúria Nocturna!

As luzes mudaram para um tom sombrio de roxo e azul, e outra figura surgiu na entrada. A plateia começou a vaiar assim que viram o Fúria Nocturna. Daniel observou a reação com um misto de curiosidade e excitação, tentando entender a dinâmica daquele mundo tão cheio de simbolismo. O lutador entrou no palco completamente coberto por uma fantasia negra que não deixava à mostra nenhum traço do homem dentro dela: nem a cor da pele, nem os cabelos, nem qualquer detalhe que pudesse revelar algo de sua identidade. Sua máscara tinha um design intimidador, com dentes pintados e olhos que pareciam flamejar em vermelho. Enquanto caminhava até o ringue com passos largos e gesticulando sinais nada amistosos para a plateia, as vaias continuavam intensas, quase ensurdecedoras, como se a presença do lutador fosse uma afronta pessoal para cada espectador ali. Ao seu lado, Nilla trocou um olhar de surpresa com ele.

Daniel se curvou para mais perto dela, a voz baixa e reflexiva:

— Acho que deve ser algo como o bem contra o mal. — Ele apontou com o queixo para o ringue. — Pelo jeito, Relámpago Escarlata é o preferido.

Nilla assentiu, os olhos brilhando com a agitação ao redor. Fazia sentido; aquele duelo carregava toda uma narrativa que os fãs já conheciam de cor. Ele se lembrou novamente das lutas que assistira na televisão, onde os heróis e vilões eram sempre muito bem definidos, e o público vibrava ou torcia o nariz dependendo de quem aparecia.

A atmosfera vibrante, a intensidade das vaias e os gritos deixavam claro que as lutas eram mais do que um espetáculo físico — eram um teatro de emoções, onde os lutadores encarnavam figuras heroicas ou temidas, e o público mergulhava completamente nesse universo.

Daniel observava atentamente, tentando absorver todos os detalhes.

— Então, o que está achando? — Nilla perguntou, ainda sorrindo, visivelmente empolgada. Ela parecia completamente imersa na atmosfera do evento.

— Eu... acho que nunca vi nada assim — Daniel respondeu, meio absorto.

Era verdade, ele estava encantado, mas uma inquietação ainda pairava sobre ele. Algo naquele evento parecia ter uma importância maior, uma peça de um quebra-cabeça que ele ainda não conseguia entender.

Relámpago Escarlata tirou sua capa e a entregou para o seu técnico. Logo estavam apenas os dois lutadores e o juiz no centro do ringue. O apresentador deu os últimos anúncios, e o som de um gongo ecoou pela arena, sinalizando o início da luta. Os dois lutadores se aproximaram um do outro, os músculos tensionados, prontos para o confronto. A multidão gritava, torcendo, aplaudindo, aguardando o primeiro movimento.

Daniel respirou intensamente, tentando focar no espetáculo diante de si. No fundo, no entanto, uma dúvida persistente o incomodava: o que aquela noite lhe reservaria?

11.

Daniel assistia à luta com uma mistura de fascínio e diversão. A coreografia era meticulosamente executada, quase como uma dança bruta, onde cada pancada e movimento eram ensaiados até a perfeição. Ele observava atentamente os golpes de Relámpago Escarlata, que traziam um brilho de empolgação à plateia. Cada chute bem direcionado, cada soco que parecia cortar o ar, era recebido com gritos de apoio e aplausos ensurdecedores.

Quando Fúria Nocturna devolvia o ataque, a reação era imediata: vaias intensas, como se o público se unisse em um único coro de desaprovação. O contraste era claro — para todos ali, Relámpago Escarlata era o herói indiscutível, enquanto seu oponente era o vilão, o desafiante indesejado. A luta era um verdadeiro espetáculo de heroísmo e malícia.

Os dois homens no ringue se movimentavam com agilidade impressionante. À primeira vista, era fácil acreditar que eles estavam trocando golpes de verdade. Mas, ao olhar mais atentamente, Daniel notava os sinais da coreografia: o jeito como os socos pareciam mais ruidosos do que dolorosos, os passos calculados que levavam a quedas "desastrosas" no chão do ringue, apenas para se erguerem logo depois. Em vários momentos, eles se apoiavam nas cordas, usando o impulso para avançar um contra o outro, com saltos acrobáticos e movimentos ágeis que arrancavam suspiros do público.

Uma sequência rápida de golpes teve um efeito espetacular. Relámpago Escarlata arremessou Fúria Nocturna contra as cordas, e o impacto o fez quicar de volta, como uma bola de cachorro lançada de encontro a uma parede. No instante seguinte, Relámpago Escarlata o atingiu com um chute alto, direto no peito, que fez o oponente desabar no chão, como se o golpe tivesse sido fatal. A plateia explodiu em aplausos, com gritos de encorajamento e apoio ao herói mascarado.

As câmeras, posicionadas em diferentes ângulos ao redor do ringue, não perdiam nenhum movimento. Telões exibiam cada detalhe, desde o suor escorrendo pelo rosto de Relámpago Escarlata até o impacto aparente dos golpes. Daniel percebeu que as imagens transmitidas para os telões tinham um efeito hipnotizante na plateia; ninguém desviava o olhar, como se estivessem vivendo cada soco, cada queda, cada movimento intenso. E a música de fundo, quase imperceptível, marcava o ritmo frenético da luta.

No entanto, Daniel não pôde deixar de notar como Fúria Nocturna também jogava bem o papel de vilão. Seu corpo projetava uma presença ameaçadora, e a expressão daquela máscara transmitia um misto de desprezo e raiva calculada. Mas por mais que ele investisse nos ataques, Relámpago Escarlata sempre conseguia reverter a situação, desferindo golpes que levavam o público ao êxtase.

Quando Relámpago Escarlata aplicou um golpe que arremessou o adversário ao chão, o sino tocou, indicando o fim do primeiro round. Daniel relaxou no assento, aproveitando a pausa para observar a plateia. Era interessante ver como todos pareciam imersos naquela história encenada.

Ao desviar o olhar para a outra fileira, notou algo que chamou sua atenção.

Ao lado da mulher elegantemente vestida que ele havia notado antes, agora estava um senhor de bigode fino e esbranquiçado, provavelmente nos seus setenta e poucos anos. O bigode dava a ele uma aparência ligeiramente cômica. Ele estava sentado ao lado dela, mas não trocavam uma palavra. Pareciam ser conhecidos, e mantinham uma proximidade respeitosa, como se houvesse algum tipo de código tácito entre eles. Alguns olhares curiosos eram lançados na direção da dupla, e Daniel se perguntou se eles teriam algum papel importante naquela noite.

Um novo sinal soou, anunciando o início do próximo round, e Daniel voltou a atenção para o ringue. Relámpago Escarlata e Fúria Nocturna retornaram ao centro, assumindo posições de combate. O público prendeu a respiração, aguardando ansiosamente o primeiro movimento.

Dessa vez, a luta parecia mais intensa, quase agressiva. Daniel notou como os movimentos de Fúria Nocturna eram mais rápidos, e até mesmo Relámpago Escarlata parecia ter uma postura mais defensiva. Era como se a intensidade tivesse aumentado um nível, e os golpes pareciam mais certeiros, mais fortes.

Mas, então, algo começou a chamar a atenção de Daniel.

***

A luta havia recomeçado, mas agora Daniel sentia algo estranho no ar. Os golpes de Fúria Nocturna já não pareciam coreografados. O ritmo, antes preciso e bem ensaiado, agora dava lugar a uma série de movimentos bruscos e inesperados. Daniel franziu a testa, observando atentamente cada detalhe. Ao seu lado, Nilla também parecia notar que algo estava fora do lugar, mas ela apenas o olhava de relance, inquieta.

No ringue, o árbitro também parecia confuso. Seus olhos seguiam os lutadores com mais intensidade, como se esperasse que tudo voltasse à normalidade a qualquer momento. Mas ela estava longe de acontecer. Fúria Nocturna desferia socos cada vez mais fortes, que acertavam Relámpago Escarlata diretamente no queixo, no peito, nas pernas. Cada golpe reverberava pelo estádio, o barulho oco e seco das pancadas substituindo o som de qualquer ilusão de espetáculo.

A plateia, no início, vaiava com entusiasmo cada golpe, mas aos poucos os gritos começaram a soar um pouco mais baixos, mais incertos. As pessoas em volta trocavam olhares e cochichavam, como se estivessem tentando entender se aquilo ainda fazia parte do show. Mas, ao ver o rosto de Relámpago Escarlata vacilar, os olhos embaçados, a defensiva, Daniel soube que algo havia saído dos trilhos.

Fúria Nocturna aplicou um golpe potente com o corpo, arremessando Relámpago Escarlata contra as cordas. O impacto fez o lutador mascarado ser jogado para o chão, rolando até ficar próximo de onde Daniel e Nilla estavam sentados na primeira fileira. Foi então que Daniel percebeu as marcas vermelhas espalhadas pelo peito e braços de Relámpago. A máscara dele estava levemente torta, deixando à mostra um olho inchado.

Por um segundo, os olhos do lutador se encontraram com os de Daniel e Nilla, como se suplicasse por ajuda.

Nilla puxou Daniel pelo braço, preocupada.

— Daniel, o que está acontecendo? — ela perguntou, mas ele apenas balançou a cabeça, sem saber o que responder. Sua atenção estava fixa no ringue, na expressão de dor de Relámpago Escarlata e na respiração ofegante dele.

De repente, Fúria Nocturna avançou novamente, agarrando Relámpago Escarlata por trás e imobilizando-o em uma espécie de mata-leão brutal. O braço musculoso de Fúria se fechou ao redor do pescoço de Relámpago, apertando cada vez mais. O lutador tentava, em vão, soltar-se do golpe. Uma das mãos de Relámpago Escarlata subiu desesperadamente em direção ao rosto de Fúria Nocturna, os dedos arranhando, tentando puxar a máscara do adversário. Mas ele não conseguia força suficiente.

Foi então que Daniel ouviu algo que o fez estremecer.

— Hoje você perde! — sussurrou Fúria Nocturna, em um tom de voz baixo e ameaçador, diretamente no ouvido de Relámpago Escarlata.

Daniel não conseguia ver agora o rosto do rapaz, mas podia imaginar a expressão de desespero do lutador ao ouvir aquelas palavras. E, no momento seguinte, Fúria Nocturna virou o corpo de Relámpago Escarlata, prendendo-o de costas no chão.

O árbitro se aproximou, ajoelhando-se ao lado deles, parecendo igualmente confuso. Ele olhava para Fúria Nocturna, como se perguntasse com o olhar o que estava acontecendo. Mas Fúria Nocturna não estava para brincadeira.

— Abra a contagem agora! — ordenou ele, apertando ainda mais seu corpo ao de Relámpago Escarlata, que já estava sem fôlego.

O juiz vacilou, a incerteza evidente em seu rosto. Mas, após alguns instantes de hesitação, ele começou a contagem. A plateia, já ciente de que algo estava errado, aumentou o nível de ruído, gritando e vaiando, protestando contra o que parecia uma derrota injusta.

— Um! — o juiz gritou, a voz trêmula.

Fúria Nocturna manteve seu aperto, os olhos fixos na plateia, como se estivesse saboreando cada segundo.

— Dois! — continuou o juiz, ainda mais hesitante.

Daniel sentia o próprio coração acelerar. Aquilo já não parecia uma luta, mas uma execução. Cada número que o juiz contava era um golpe na dignidade do esporte e nos gritos de apoio que a plateia tentava desesperadamente oferecer a Relámpago Escarlata.

— Três! Quatro! Cinco! — a contagem seguia, mas a plateia agora começava a vaiar em um tom alto e contínuo.

Quando a contagem chegou ao dez, Fúria Nocturna finalmente soltou Relámpago Escarlata que, no chão, tossia e tentava recobrar o fôlego. O juiz parecia perdido, sem saber se deveria declarar o vencedor ou parar o espetáculo. Mas Fúria Nocturna ergueu os braços com confiança, recebendo uma mistura de vaias e pouquíssimos aplausos.

Os técnicos e ajudantes dos dois lutadores rapidamente invadiram o ringue. O time de Relámpago Escarlata se apressou para ajudá-lo a se levantar, enquanto a equipe de Fúria Nocturna celebrava o "triunfo" do lutador com expressões vitoriosas.

Ao redor deles, a plateia se tornava um caos. Algumas pessoas começaram a jogar objetos em direção ao ringue — copos, papéis, até mesmo latas amassadas voavam pelo ar, cruzando a distância entre as fileiras e o ringue. As vaias se intensificaram, criando um som alto, como uma onda de indignação coletiva que ameaçava transbordar.

Nilla segurou o braço de Daniel com força, os olhos arregalados.

— Daniel, isso não era para acontecer, certo? Relámpago não era o favorito? — ela perguntou, a voz trêmula, quase abafada pelo barulho ao redor.

Daniel observou o rosto dela, preocupado. Ele não queria admitir o que estava sentindo, o desconforto que se formava em seu estômago. Algo claramente havia dado errado naquela noite, e pelo visto, ele precisava estar ali. Mas, para Nilla, ele apenas respondeu com calma, tentando tranquilizá-la.

— Talvez seja assim mesmo... ou talvez não. — Ele olhou em volta, analisando a plateia. — Vamos sair daqui antes da multidão. Você está grávida.

Ela assentiu, concordando rapidamente. Daniel a guiou em direção à saída, passando pelas pessoas que continuavam protestando. Ele mantinha uma mão protetora nas costas dela, abrindo caminho pelas fileiras enquanto alguns fãs gritavam indignados, e outros tiravam fotos do ringue em chamas de emoções conflitantes.

Quando finalmente alcançaram a saída, Daniel olhou para trás uma última vez. Relámpago Escarlata ainda estava ajoelhado no centro do ringue, cercado por seus homens, enquanto Fúria Nocturna apoiava um cinturão dourado no ombro e deixava o palco. Daniel sabia que, naquela noite, algo sombrio havia acontecido. E, por mais que tentasse, não conseguia afastar a sensação de que testemunhara não uma luta, mas uma espécie de traição, uma subversão do espetáculo que tanto encantava as pessoas.

Enquanto caminhavam para fora do estádio, sentiu o calor daquela experiência. A luta, que deveria ser apenas entretenimento, revelara uma tensão que ia além do ringue e que parecia afetar não só os lutadores, mas todos os que estavam presentes.

— Você está bem? — perguntou ele enquanto guiava Nilla pelo tumulto da saída.

Ela assentiu, ainda em choque, tentando disfarçar o desconforto.

— Sim... só estou confusa. Você disse que era encenação, fantasia pura. O rapaz estava sendo massacrado...

Ele apenas ficou calado.

12.

O camarim estava um caos. Alguns objetos haviam sido espalhados pelo chão, como a capa escarlate, pedaços de fita adesiva rasgada e pincéis de maquiagem. A raiva de Alejandro apenas crescia. Ele andava de um lado para o outro, os olhos fixos em sua cadeira. Sem pensar duas vezes, ergueu o objeto e o lançou com força no chão.

— Como pôde acontecer isso?! — gritou, a voz se perdendo nas paredes do pequeno camarim. Sua expressão era de fúria pura, as mãos cerradas em punhos tão fortes que os nós dos dedos estavam brancos.

Ricardo apenas o observava, com a paciência e calma de alguém que já tinha visto muitas explosões de raiva ao longo dos anos. O velho manteve-se encostado na parede, cruzando os braços com uma leveza que contrastava com o tumulto no cômodo.

— Isso não vai ajudar, garoto — comentou El Zorro, sem mover um músculo, enquanto Alejandro resmungava palavrões incompreensíveis e olhava para ele com uma mistura de incredulidade e ódio.

Antes que Alejandro pudesse responder, a porta se abriu bruscamente. Maria González, sua mãe, entrou com uma expressão de desaprovação que poderia atravessar qualquer fachada de bravura que ele tentasse manter. Ela não era uma mulher alta, mas sua presença enchia o ambiente. Os cabelos estavam presos em um coque apertado e usava algumas joias. O olhar firme era de alguém que sabia lidar com situações difíceis — e com o temperamento do filho.

— Isso foi ideia sua?! — gritou Alejandro, direcionando sua indignação para El Zorro, como se ele fosse o responsável por toda aquela humilhação.

Maria interveio, movendo-se para o centro da sala, ficando entre os dois homens.

— Você sabe muito bem que seu empresário não faria isso — disse ela, sem levantar a voz, mas com firmeza inabalável. — Ele estava sentado ao meu lado o tempo todo, e acompanhei a reação de surpresa dele.

Alejandro hesitou, mas seu semblante de raiva não cedeu. Ele se afastou, esfregando a mão pelo rosto, frustrado, enquanto as palavras da mãe ecoavam em sua cabeça. O peso do que acontecera no ringue o esmagava, uma sensação de traição profunda.

— Exijo respostas! — rugiu, encarando El Zorro, que permaneceu impassível. — O que o Fúria estava tentando provar? Não foi para isso que a gente treinou.

O velho empresário suspirou, descruzando os braços e dando um passo à frente.

— Parece que Fúria Nocturna é mais ganancioso do que pensávamos — respondeu, a voz baixa, mas carregada de desapontamento. — Ele quis o espetáculo a todo custo. Talvez o dinheiro, a fama... quem sabe. Um traidor.

Alejandro rangeu os dentes, pegou a sua máscara do Relámpago Escarlata que estava sobre a penteadeira e a lançou contra a parede com força. O som abafado do tecido e dos detalhes metálicos ecoou pelo camarim, e ele desviou o olhar, incapaz de suportar o que aquela máscara representava naquele momento.

— Ele não podia... — murmurou, sua voz quebrando pela primeira vez, deixando escapar a dor escondida por trás da raiva. — Hoje era uma celebração... ao meu pai.

A raiva deu lugar ao desespero, e ele sentiu os ombros cederem sob o peso daquela decepção. Os olhos, antes inflamados pela fúria, agora estavam úmidos, e ele levou uma das mãos ao rosto para esconder as lágrimas que começavam a escorrer.

Maria o observou em silêncio. Ela se aproximou, mas ele ergueu a mão, afastando-a.

— Vão embora daqui! Os dois! — disse Alejandro, sem olhar para ela ou para El Zorro, a voz embargada, carregada de uma dor profunda.

Ricardo Sarmiento olhou para Maria, que assentiu discretamente. Alejandro precisava de espaço para lidar com suas emoções. Não era hora de tentar consolá-lo.

— Vamos, Ricardo — disse Maria, tocando levemente o braço do empresário, conduzindo-o em direção à porta. Antes de sair, Ricardo lançou um último olhar a Alejandro.

— Não é o fim do mundo, Alejandro. A vida continua, com ou sem isso. E vá cuidar desse olho inchado — completou com um tom seco que carregava uma tentativa discreta de apoio.

Alejandro não respondeu, apenas se encolheu mais, deixando-se cair na cadeira, a cabeça baixa e os ombros pesados.

A porta se fechou atrás deles, e ele ficou sozinho no camarim, rodeado pelos destroços do que até poucos minutos atrás era seu orgulho, sua alegria e a homenagem que pretendia fazer ao pai.

Ele fechou os olhos, tentando afastar as imagens da luta. Sentia o calor das luzes, os gritos da multidão, os golpes — alguns inesperados e violentos, que quase o desarmaram, tanto física quanto emocionalmente. O jeito como Fúria Nocturna o golpeara de forma quase pessoal, com uma intensidade que ia além da encenação, como se houvesse algo mais profundo naquela rivalidade. Mas por que contra ele? A pergunta ecoava na mente de Alejandro.

Sentado ali, no silêncio pesado do camarim, uma raiva renovada surgiu, não tanto pelo golpe que recebera, mas pelo que Fúria Nocturna havia tirado dele. Aquele momento deveria ter sido seu, um tributo para carregar consigo. E agora tudo estava manchado, envenenado pela traição e possivelmente pela ganância.

As lágrimas que antes eram de dor se transformaram em uma determinação silenciosa. Com os punhos cerrados, ele se levantou lentamente, sentindo os músculos ainda doloridos do combate, o olho inchado, e caminhou até a máscara que jogara na parede. Ali, de frente para ela, hesitou, mas estendeu a mão e a pegou, apertando-a com força.

Naquele momento, ele seria capaz de destruir até o mais poderoso dos inimigos.

13.

O quarto do resort Mar y Sol estava mergulhado em silêncio, quebrado apenas pelo som suave da respiração de Nilla, que dormia ao lado de Daniel. Ele a observava, admirando a tranquilidade em seu rosto. A noite havia sido um turbilhão de emoções, e ele ainda não conseguia encontrar o sono. Sua mente girava, revivendo cada momento da luta, cada golpe, cada expressão de dor e surpresa no rosto de Relámpago Escarlata. Aquilo parecia mais do que uma simples encenação, e Daniel ainda não sabia ao certo o que pensar sobre o que havia visto.

O brilho repentino de luz chamou sua atenção. Seu celular, descansando sobre a mesa de cabeceira ao lado da cama, acendia com uma notificação discreta. Ele franziu a testa ao perceber que se tratava de uma chamada de vídeo. O aplicativo que instalara sob as instruções emblemáticas do homem misterioso, Aeternus, estava ativo outra vez.

Sentindo uma mistura de irritação e curiosidade, Daniel pegou o celular, se levantando cuidadosamente para não acordar Nilla, e caminhou até a varanda. Com um último olhar para garantir que ela estava dormindo, fechou a porta de vidro atrás de si.

A noite estava calma, o ar quente e úmido com o perfume das flores tropicais misturado ao cheiro distante do mar. Ele respirou fundo antes de atender a chamada.

A imagem do homem cinquentenário preencheu a tela. Ele estava ali de novo, com seus olhos fixos e intensos por trás dos óculos.

— O que é isso? — Daniel começou, tentando manter a voz baixa, mas não conseguindo esconder a irritação. — Vai ficar me chamando agora? Já não basta o que aconteceu hoje?

O homem não demonstrou nenhuma reação à irritação de Daniel. Com a mesma calma enigmática, ele perguntou:

— O que achou do que aconteceu na luta?

Daniel apertou os lábios, lembrando da cena brutal e do sentimento de estranheza que o acompanhou durante toda a luta. Ele não queria revelar demais, mas também não conseguia mentir para o homem.

— Acho que minha reação foi igual à da maioria, não é? Ninguém esperava aquilo. Todo mundo foi pego de surpresa.

O homem assentiu, os olhos ainda fixos em Daniel, como se estivesse avaliando cada palavra, cada expressão.

— Está certo. — Sua voz era baixa e sem pressa. — E agora, Daniel... depois do que viu, imagino que todas essas coisas estranhas te deem mais ímpeto para me ajudar.

Daniel o encarou, o desconforto crescendo. O que exatamente aquele homem queria dele? E por que insistia nesse jogo de meias palavras e mistério?

— Escuta — disse ele, respirando fundo para manter a calma. — Eu já disse que não vou fazer nada se você não se identificar. Não posso simplesmente sair por aí seguindo instruções de alguém que aparece no meu celular como uma sombra no meio da noite.

Por uns segundos, o homem permaneceu em silêncio. De novo, o *delay*. E então, ele disse:

— O *hombre* que você viu no ringue, o que chamam de Relámpago Escarlata. Ele é meu filho, Alejandro González.

De repente Daniel sentiu um arrepio percorrer sua espinha. A revelação o pegou de surpresa. Relámpago Escarlata, o lutador que enfrentara tanta brutalidade naquela noite, era o filho daquele sujeito? O mesmo homem que o motorista do Uber comentara?

O homem prosseguiu, sua voz agora com um toque de algo mais... algo que Daniel não conseguia identificar, talvez arrependimento, talvez pesar.

— Eu sou Miguel González. Ou, pelo menos, era. Quando estava vivo, me chamavam de Fuego Estelar. Uma lenda da *lucha libre*.

Daniel ficou em silêncio, digerindo aquela informação. Tirando o motorista do Uber, ele nunca ouvira falar de Fuego Estelar, tampouco em uma lenda da luta livre mexicana como aquele sujeito. Mas se o homem na tela estava dizendo a verdade... "Quando estava vivo"? Como isso era possível?

— Isso é loucura! — murmurou Daniel, os olhos fixos na imagem do homem na tela, que o observava com a mesma calma. — Se você está morto, como diabos estamos conversando ao vivo?

Miguel inclinou levemente a cabeça, como se compreendesse a confusão de Daniel e a aceitasse.

— Você não está falando com o verdadeiro Miguel, Daniel. — Houve uma pausa, e então ele completou, sem hesitar: — Você está conversando com uma Inteligência Artificial. E o verdadeiro Miguel foi assassinado.

14.

— Inteligência Artificial? Não estou entendendo! — Daniel franziu o cenho, com o celular em mãos, ainda tentando digerir a surrealidade da situação.

Miguel, do outro lado da chamada, o fitava com a expressão calma, quase sábia, que parecia carregar há décadas. Seu rosto, embora marcado pelo tempo, mostrava uma tranquilidade que desafiava a lógica.

— Parece assustador no início, eu sei — respondeu Miguel, com um leve sorriso. — Mas você não é uma pessoa desinformada, Daniel. O futuro já chegou, quer você esteja pronto ou não.

— Eu acompanho as notícias, claro, mas... nunca usei uma IA de fato — disse Daniel, ainda incerto. Ele olhou para a escuridão lá fora. Sentia-se como se estivesse num sonho do qual não conseguia despertar.

— O aplicativo que você baixou, Aeternus, é apenas um protótipo, mas já é mais do que um software comum. Foi inventado recentemente, e permite que as pessoas... conversem com os mortos — explicou Miguel, sua voz pausada e firme.

Daniel piscou, incrédulo. A sensação de irrealidade aumentava a cada palavra.

— Conversar com os mortos? Isso não faz o menor sentido...

— Eu sei que soa bizarro — Miguel continuou, os olhos por trás dos óculos. — Mas o Aeternus é capaz de buscar todas as gravações, vídeos, entrevistas, imagens de uma pessoa que já viveu e, por meio de algoritmos, simula exatamente como essa pessoa falaria e agiria.

Daniel coçou a nuca, lutando para entender. Era como se cada frase o empurrasse para mais fundo numa loucura que ele não sabia se desejava explorar.

— Então... você não está realmente aí do outro lado — concluiu, mais para si mesmo do que para Miguel.

— Exatamente. Estou aqui porque existe um vasto acervo de dados sobre mim: entrevistas, lutas, depoimentos. No meu caso, talvez mais do que o usual, por eu ter sido uma celebridade. O Aeternus recriou minha personalidade, e isso possibilita que conversemos.

Daniel ainda parecia cético. Tentou pensar em uma pergunta que pudesse expor a impossibilidade daquela simulação. Ele respirou fundo e perguntou:

— Ok, então me diz... — fez uma pausa, escolhendo cuidadosamente as palavras. — Se um buraco negro consome uma estrela inteira, onde fica a massa da estrela?

Miguel riu, um riso baixo e despretensioso.

— Lamento desapontá-lo, mas essa pergunta está além do meu conhecimento em vida. O Aeternus simula apenas o que presume que eu deveria saber antes de morrer. Posso ouvir e responder perguntas, mas não sou uma enciclopédia ambulante, Daniel.

Daniel revirou os olhos, desafiado pela precisão desconcertante daquela resposta. Cada detalhe daquela conversa parecia programado para frustrar suas tentativas de desmascarar o que quer que fosse aquilo.

— Há quanto tempo... você morreu? — perguntou, cauteloso.

— Catorze anos — respondeu Miguel, com serenidade.

Daniel franziu o cenho, pensativo.

— Então... o aplicativo deveria representar você com a aparência de 14 anos atrás, certo? Mas você parece... mais velho.

Miguel inclinou a cabeça, como se já esperasse a pergunta.

— Isso é uma escolha do próprio aplicativo, para tornar a experiência mais realista. O Aeternus simula uma versão de mim que envelheceu... como eu teria envelhecido.

Uma compreensão desconfortável começou a se formar em Daniel. Ele se lembrou, então, do que Miguel havia dito: que fora assassinado. A curiosidade o corroeu, e ele não conseguiu conter a pergunta:

— Você mencionou que foi... assassinado. Como pode saber disso?

— Minha autópsia foi inconclusiva, mas a IA do Aeternus analisou as imagens da minha última luta e identificou padrões incomuns. Eu não estava "normal" naquele dia. O aplicativo deduziu que houve algo de errado, algo que levou à minha morte.

Daniel, cada vez mais imerso na conversa, sentiu a pressão crescente daquela revelação.

— E agora você quer que eu... descubra quem foi?

— *Sí* — Miguel assentiu. — Você é a pessoa perfeita, como já demonstrou antes. A curiosidade é uma coisa poderosa, Daniel, e eu sei que você não vai descansar até saber a verdade.

Um som vindo de dentro do quarto chamou a atenção de Daniel. Ele olhou para trás, para a porta de vidro que separava a varanda do quarto. Nilla podia acordar a qualquer momento. Ele se voltou para o celular, ainda tentando processar tudo.

— Eu... preciso pensar sobre isso, processar tudo isso. É demais para assimilar de uma só vez.

Miguel o fitou com intensidade.

— Entendo, mas não há tempo a perder, Daniel. Quem me matou pode encontrar a pessoa que carregou meus dados no Aeternus. O "usuário". E se ela fizer isso, outra vida pode estar em jogo.

Daniel sentiu um calafrio percorrer sua espinha. Aquilo soava tão... sombrio. Era como se Miguel estivesse à beira de uma segunda morte, uma morte digital.

— Quem criou você no aplicativo? — Daniel indagou, numa última tentativa de entender quem estava por trás daquele mistério.

Miguel balançou a cabeça, seus olhos projetando uma frustração silenciosa.

— Não posso dizer. É uma diretriz adicionada ao aplicativo, uma "cláusula de privacidade". Mas isso não importa agora.

— Acredito que seja o mesmo @ElFantasmaEnmascarado que enviou o QR Code.

— Sinto muito por não poder responder a isso.

— E o que você espera que eu faça? — Daniel perguntou, exasperado.

Miguel se aproximou da câmera, os olhos fixos nos de Daniel.

— Amanhã, vá até Alejandro González. Pergunte a ele sobre o que se lembra do dia em que morri.

Daniel sentiu o coração acelerar.

— Eu não posso fazer isso com Nilla ao meu... — começou a argumentar, mas Miguel o interrompeu.

— A chamada será encerrada.

A tela ficou escura e o rosto de Miguel sumiu, deixando Daniel sozinho na varanda, imerso numa quietude que parecia pulsar com a estranheza daquele encontro. Em seguida, o aplicativo Aeternus enviou uma mensagem informando um endereço, que ele só podia jurar que se tratava do local onde Alejandro estaria.

Daniel baixou o celular, o olhar perdido no horizonte. Era como se um mundo novo e perturbador se revelasse diante dele, um mundo onde as fronteiras entre vida e morte, realidade e ilusão, eram borradas até o ponto de não se saber mais o que era verdade.

A conversa que estava tendo ali parecia tão humana que quase o fez esquecer que do outro lado não havia uma pessoa, mas sim uma entidade digital. Era assustador e fascinante ao mesmo tempo. Sim, podia ser surreal, mas Daniel sabia: no mundo atual, onde a IA tinha conquistado até as tarefas mais subjetivas, nada era impossível. Uma parte dele acreditava, bem no fundo, que aquilo era possível. A Inteligência Artificial tinha evoluído tanto nos últimos anos que cenários que antes pertenciam a filmes de ficção científica agora pareciam se desdobrar diante de seus olhos, com um realismo quase perturbador.

Nos últimos cinco anos, a IA havia dado saltos exponenciais, especialmente na área da inteligência generativa. Ferramentas como processadores de linguagem natural e geradores de imagens — antes limitadas a traduções básicas ou desenhos rudimentares — agora criavam obras completas: roteiros, músicas, projetos arquitetônicos, até mesmo "imagens" de mundos que só existiam na imaginação humana. A chegada desses avanços foi acelerada pela corrida desenfreada das grandes empresas de tecnologia, cada uma competindo ferozmente para desenvolver a "IA perfeita".

A OpenAI e gigantes como Google e Microsoft incorporavam

IA em praticamente todos os aspectos do dia a dia: navegadores, assistentes virtuais, até editores de texto podiam antecipar o que você queria escrever. Do outro lado, empresas como MidJourney e Stable Diffusion haviam revolucionado as artes visuais, tornando possível para qualquer pessoa criar imagens complexas a partir de meras descrições.

Mas não parava por aí. A evolução foi além da técnica; a IA começou a parecer... viva. Eram os modelos de *deep learning* cada vez mais especializados em capturar nuances emocionais e tons de voz, construídos em cima de redes neurais que aprendiam a partir de vastos conjuntos de dados. Redes sociais e softwares se tornaram alimentadores incansáveis dessa máquina, abastecendo-a com comportamentos humanos reais. As fronteiras entre o humano e o artificial passaram a se tornar borradas.

Daniel sabia que essa corrida tinha um preço. A competição desenfreada não era apenas pela inovação, mas também pelo controle do mercado. Cada empresa queria dominar o setor, e isso levava a uma aceleração imprudente. Bugs éticos, uso questionável de dados, máquinas que tomavam decisões imprevisíveis... tudo isso era ignorado em nome do progresso. "Se não fizermos, outra empresa fará", era o mantra silencioso da indústria.

Foi quando um novo arrepio subiu pela sua espinha ao considerar a possibilidade de que, ao aceitar o caminho proposto pela IA, poderia estar abrindo uma porta que nunca mais conseguiria fechar. Ele tentava racionalizar, buscar alguma lógica, mas cada pensamento parecia envolto numa névoa densa.

Ao se virar novamente para olhar Nilla, dormindo profundamente dentro do quarto, sentiu uma pontada de culpa. O que estava prestes a fazer — envolver-se num mistério tão sinistro e imprevisível — poderia facilmente afetá-la também, ainda mais agora, com a vida que crescia dentro dela. E, mesmo assim, a inquietação o consumia. Era como se Miguel tivesse plantado uma semente, algo que crescia dentro dele, sem chance de ser ignorado ou arrancado.

Daniel respirou fundo, percebendo que, talvez, estivesse diante de algo que mudaria não apenas sua vida, mas a forma como ele enxergava o próprio mundo.

15.

Javier Ortiz despertou com o zumbido suave do celular vibrando na mesa de cabeceira ao lado da cama. Espreguiçando-se, ele pegou o aparelho e o trouxe para perto do rosto, os olhos piscando contra a luz da tela. Havia vários comentários em um grupo de amigos que ele participava sobre o evento de *lucha libre* na noite anterior. Depois ele abriu um portal de notícias e a manchete na categoria "Esportes" chamou sua atenção imediatamente:

"Vitória inesperada! Fúria Nocturna derrota Relámpago Escarlata em combate dramático!"

Um sorriso discreto apareceu em seu rosto enquanto ele passava os olhos pela notícia. Pulou para outra matéria que falava sobre a luta da noite anterior, comentando o impacto brutal dos golpes e a inesperada reviravolta que levou o desafiante à vitória. A arena estava lotada e a luta fora televisionada para o país inteiro — todos testemunharam o momento em que Fúria Nocturna derrubou o herói favorito da noite.

Javier leu as reações nos comentários, pessoas indignadas com o resultado, outras aplaudindo o estilo implacável do misterioso Fúria Nocturna. Nos perfis das redes sociais, vários críticos falavam sobre a frieza do golpe final, a imobilização implacável e a contagem dramática que levou o desafiante à vitória.

Javier absorvia tudo com um certo prazer. Ele sabia que um evento como aquele deixaria marcas. Afinal, uma vitória inesperada tinha o poder de sacudir o mundo da *lucha libre* — e isso estava acontecendo bem diante de seus olhos.

De repente, uma batida firme na porta o tirou de seus pensamentos, o fazendo sentar-se de sobressalto.

— Javier! — a voz de Elsa soou do outro lado da porta. — Já está na hora! O café está na cozinha. Não podemos atrasar para abrir a loja. Hoje o movimento será ainda mais intenso.

— Já estou descendo! — respondeu ele.

Com um último olhar para a tela do celular, Javier o jogou de volta na cama. A repercussão da luta era satisfatória — barulhenta, cheia de opiniões e, acima de tudo, inesquecível. Tudo causado por uma figura desconhecida...

Fúria Nocturna.

Javier não precisaria vestir um traje preto ou de uma máscara colorida para aproveitar a emoção daquele momento, apenas a sua bota ortopédica.

Com uma sensação estranhamente reconfortante, calçou a bota no pé esquerdo. Aquele simples gesto parecia selar algo maior, como se cada movimento estivesse carregado de propósito. Era o início de mais um dia, mas, para Javier, sentia-se como o prelúdio de algo muito mais significativo.

16.

— Eu não acredito que você vai atrás do Relâmpago Escarlata! — exclamou Nilla, pousando a xícara de café sobre a mesa do resort e olhando para Daniel com uma mistura de surpresa e reprovação.

Daniel deu um meio sorriso, mexendo no próprio café antes de responder:

— Você sabe que eu escrevo matérias para vários meios de comunicação, Nilla. Descobrir o que aconteceu ontem pode ser um furo incrível.

— E quem disse que ele vai recebê-lo?

— Invento algo.

Nilla suspirou, recostando-se na cadeira. Ela olhou para a movimentação de pessoas tomando café da manhã em volta deles, como se já soubesse que não poderia dissuadi-lo, mas ainda hesitava em ceder.

— Tudo bem, mas estamos aqui a passeio — disse ela. — Eu só queria que a gente pudesse esquecer um pouco das pautas e *deadlines*.

— Não deve demorar muito. Vou, converso com ele e, antes do almoço, já estou de volta. — Daniel tentava parecer descontraído, mas a seriedade em seu tom traía o que realmente sentia.

— E como você sabe onde encontrá-lo? — Nilla arqueou a

sobrancelha, um leve tom de desafio surgindo na voz. Daniel sentiu o estômago apertar, mas manteve a expressão firme.

— O nome dele é Alejandro González — respondeu, forçando um tom casual. — Não foi difícil descobrir na internet. Uma investigação rápida e pronto.

Nilla estreitou os olhos, como se tentasse decidir se acreditava ou não. Daniel entendia que ela conhecia bem o seu lado investigativo, a obstinação que ele colocava em cada trabalho. Ainda assim, ele podia ter vacilado em algum momento, como se houvesse mais do que apenas uma simples reportagem em jogo. Mesmo desconfiada, ela suspirou, rendendo-se à energia que ele sempre colocava em suas matérias.

— Certo, mas eu não vou me envolver nisso — declarou. — Se você vai atrás dele, eu vou aproveitar para caminhar e tirar fotos da cidade. Puerto Vallarta está linda com as decorações para o Dia dos Mortos. Quero explorar um pouco.

Daniel franziu o cenho, a preocupação tomando o seu rosto.

— Nilla, você está grávida. Não acho seguro você sair por aí sozinha.

Ela riu, balançando a cabeça.

— Daniel, estar grávida não é o mesmo que estar incapacitada. Eu sei me cuidar. — Ela tocou a mão dele sobre a mesa, como que para tranquilizá-lo. — Vai ser bom para nós dois. Eu tiro minhas fotos, você faz sua reportagem, e nos encontramos para o almoço.

Daniel hesitou, ainda dividido entre o desejo de não deixá-la sozinha e o compromisso com aquilo que sentia ser uma obrigação. Ele sabia que ela estava certa; o fato de estar grávida não a tornava frágil. Mas, ainda assim, o peso do que ele próprio pretendia fazer parecia dar mais importância ao cuidado com ela.

— Se você vai trabalhar, então eu também vou — Nilla disse com uma firmeza leve, mas decidida.

Daniel suspirou, sem mais argumentos, e lhe deu um sorriso contido.

— Está bem. Vou ser rápido. Prometo. — Ele observou o rosto dela, tão resoluto quanto o dele e, por um momento, a pergunta se aquilo tudo valia a pena passou pela sua mente. Mas, então, se lembrou da chamada de Miguel, da estranha intensidade da voz do homem que pedira sua ajuda do outro lado da tela. Não era uma simples curiosidade; era algo que ele sentia quase como uma missão.

Ao ver Nilla se levantando para buscar algo para comer no buffet, Daniel fixou o olhar no seu café por um instante, respirando fundo. A dúvida ainda o rondava, mas sabia que não iria hesitar. Depois de tudo o que ouvira na madrugada anterior, aquele caminho já parecia traçado.

17.

Daniel desceu do Uber e se viu diante de uma casa mexicana de tirar o fôlego. A construção exibia uma arquitetura colonial autêntica, com paredes de estuque bege, grandes arcos e colunas decoradas com azulejos aparentemente pintados à mão. No jardim, cactos imponentes dividiam o espaço com buganvílias que desciam em cascata pelas grades de ferro dos portões. A entrada principal era marcada por uma pesada porta de madeira talhada, ornamentada com ferragens escuras, e ladeada por duas imponentes estátuas de pedra, como sentinelas que guardavam o lar. Uma varanda espaçosa rodeava a frente da casa, de onde se podia ver o horizonte ensolarado de Puerto Vallarta.

Ele respirou fundo, ajustando a postura. Tocou a campainha e aguardou. A porta se abriu, revelando uma mulher de meia-idade, vestida em trajes simples, que parecia ser a empregada da casa. Ela o olhou com curiosidade e uma ligeira suspeita.

— Bom dia, *señor*. Em que posso ajudar? — perguntou, sua voz educada, mas cautelosa.

Daniel pensou rapidamente, formulando uma desculpa no melhor espanhol que conseguiu.

— Bom dia — começou, tentando parecer amistoso. — Meu nome é Daniel, sou um amigo estrangeiro de Alejandro. Estou hospedado em um resort, estive na luta ontem e ele acabou de me mandar uma mensagem falando que eu poderia passar aqui.

A mulher franziu o cenho, mas pareceu relaxar um pouco ao ouvir o nome de Alejandro. Talvez por uma dose de preocupação com o rapaz, ela talvez acreditasse que Daniel estava ali para tentar animá-lo. Ao menos, era o que ele torcia para que ela fizesse.

— Pode vir, por favor — disse ela, abrindo a porta para ele entrar.

Daniel deu um aceno de agradecimento e atravessou o corredor, admirando o ambiente ao seu redor. O interior da casa era tão impressionante quanto a fachada. Tapeçarias bordadas cobriam o chão, e nas paredes, retratos antigos e imagens de santos. Um lustre de cristal brilhava no teto, lançando reflexos nas cerâmicas mexicanas coloridas que decoravam o ambiente.

Caminhando com cautela, Daniel seguiu a mulher pela sala principal até avistar Alejandro, que estava sozinho na varanda, sentado e olhando para o horizonte, perdido em pensamentos. A mulher deu um leve sinal, indicando que ele podia prosseguir, e Daniel assentiu antes de avançar em direção ao lutador.

— Alejandro? — chamou, em um tom baixo, para não assustá-lo.

Alejandro virou o pescoço abruptamente, com um dos olhos se arregalando ao ver o estranho à sua frente.

— Quem é você? — perguntou, a voz carregada de desconfiança.

— Meu nome é Daniel Sachs. Sou brasileiro, não mexicano. Preciso apenas conversar com você por alguns minutos, se puder.

Alejandro o mirou por um instante, os olhos avaliando cada centímetro. Daniel notou o inchaço ao redor do olho esquerdo do rapaz, uma marca da luta da noite anterior.

— Sobre o que quer falar? — perguntou Alejandro, ainda hesitante.

Daniel respirou fundo, escolhendo cuidadosamente as palavras, mas também com o desejo de ir direto ao ponto.

— Eu sou repórter. Trabalho para vários meios de comunicação, e o que aconteceu ontem chamou muita atenção. Se você quiser compartilhar sua versão, posso ajudar a levar isso ao público.

Alejandro cruzou os braços, como se se defendesse das intenções de Daniel, mas algo em seu olhar suavizou. Talvez houvesse algo no tom de voz de Daniel que indicava que ele estava ali com uma intenção genuína.

— Todos já sabem o que aconteceu — respondeu, parecendo menos defensivo, mas sem perder o tom de cautela. — Você estava lá?

— Sim, eu estava.

— Espere... eu me lembro de você. Tinha uma *mujer* bonita de vestido vermelho ao seu lado.

— Nilla, minha esposa.

— Como posso lembrar disso?

— Foi no momento em que... bom, você estava no chão sofrendo o mata-leão.

Alejandro curvou os ombros como se aquela fala o deixasse profundamente triste.

Daniel avaliou a reação e decidiu ser um pouco mais direto:

— Você é mesmo filho de Miguel González?

Alejandro suspirou, balançando a cabeça.

— *Sí.* Todos sabem disso. Meu pai era conhecido como Fuego Estelar. Foi um grande lutador.

Daniel tentou suavizar o ambiente, notando a imponência da casa ao redor deles.

— Não sabia que a luta livre dava tanto dinheiro. — Ele deu um meio sorriso, aludindo à luxuosa residência.

Alejandro baixou os olhos.

— Não é a *lucha libre* em si. Meu pai era famoso no México. O maior de todos — respondeu, a voz cheia de nostalgia e respeito. — E o seguro de vida dele foi... generoso. Minha mãe se encarregou de fazer todo o resto, reformou o lugar.

Daniel franziu o cenho, a resposta do rapaz parecendo conter uma ponta de ambiguidade.

— O seguro de vida? Seu pai... ele realmente morreu no ringue, então?

Alejandro assentiu, o olhar agora distante, como se estivesse preso a lembranças que não conseguia desvendar completamente.

— *Sí.* Eu tinha apenas cinco anos na época.

Daniel se inclinou um pouco, interessado nos detalhes.

— Você se lembra daquele dia?

Alejandro hesitou, a expressão se tornando confusa e inquieta.

— Lembro de algumas coisas... Eu costumava assistir às lutas dele sempre que podia. Naquele dia, era a defesa do cinturão. Ele queria mostrar que ainda era o melhor. — Ele suspirou, passando a mão pelo rosto. — Mas meu pai fracassou. Assim como eu fracassei ontem.

— Mas no seu caso, Alejandro, isso ainda pode ser revertido. Você pode ter uma revanche.

Alejandro fechou o punho, a expressão endurecendo.

— Não importa se eu ganhar de novo. Nada apagará o que houve.

Daniel percebeu a frustração do rapaz e tentou compreender melhor.

— Quem é o Fúria Nocturna?

— Um *hombre* chamado Héctor Vargas. Por ironia, ele estava no ringue no dia em que meu pai morreu. Ele estava lá para desafiar meu pai naquela noite, do mesmo jeito que me desafiou ontem. E, de novo, ele "venceu".

— Héctor Vargas?

— *¡Sí!* O público não sabe de quem se trata. E o maldito não mora mais aqui. Pelo que sei, já deve estar no aeroporto, aguardando para ir embora, feliz da vida.

— Mas como podem não identificar quem é ele?

— A *lucha libre* mexicana consegue preservar alguns mistérios — Alejandro replicou. — A imprensa gosta disso e até colabora. Ele era um desafiante. Faz parte do show.

Daniel ficou surpreso com a revelação, sua mente processando as camadas de coincidências. *O mesmo sujeito nas duas lutas?*

— Então ele deve ter mais de 50 anos, certo? — indagou.

Alejandro assentiu.

— Por isso ele usa aquela fantasia que cobre todo o corpo. É para esconder a idade e os sinais do tempo. Ninguém sabe quem ele é sob a máscara... exceto eu, meu empresário El Zorro, minha mãe e algumas poucas pessoas de confiança.

Daniel sentiu um peso cair entre eles. Era coincidência demais, como se algo maior estivesse movendo aquelas peças. Ele respirou fundo, considerando as próximas palavras.

— Você me permitiria falar com ele? Com Héctor Vargas?

Alejandro deu de ombros, a expressão fria.

— Pode fazer o que quiser. Duvido que ele vá lhe contar alguma coisa. Nem mesmo meu empresário, o velho El Zorro, pode conseguir isso, mas... boa sorte.

Daniel estava prestes a fazer mais perguntas quando ouviu um som atrás de si. Virou-se e viu uma mulher de olhar penetrante e lábios apertados, segurando um copo. Ela o olhava com desagrado, avaliando-o de cima a baixo.

— Quem é você? — perguntou, depois de cumprimentá-lo, a voz carregada de autoridade.

Alejandro lançou um olhar incômodo para ela.

— Ele é um repórter de fora, mãe. Veio falar sobre a luta.

Imediatamente, a expressão da mulher endureceu.

— Um repórter?! Na nossa casa? Alejandro, isso é inaceitável! — Ela ergueu o queixo, virando-se para Daniel com um ar de desdém. — Saia agora mesmo. Ou eu chamo alguém para expulsá-lo daqui.

Daniel percebeu que Alejandro, apesar de já ser um adulto, parecia obediente e intimidado pela mãe. Então levantou as mãos em um gesto conciliador.

— Me desculpe. Não era minha intenção incomodar. Agradeço a ambos pela atenção.

A mulher não respondeu, permanecendo firme, os olhos fixos nele com uma mistura de reprovação e desconfiança. Daniel fez um leve aceno para Alejandro, que apenas assentiu, o olhar vago, ainda machucado pelos eventos da noite anterior.

Ao sair da casa e caminhar de volta para o portão, Daniel foi tomado por uma súbita percepção: a mãe de Alejandro era a mesma mulher elegante que ele tinha visto na plateia na noite anterior, sentada ao lado do senhor de bigode fino e aparência austera em um terno amarrotado. Um pensamento lhe tomou ao fazer a conexão, deduzindo que o homem só podia ser El Zorro, o empresário de Alejandro González e antigo aliado de Fuego Estelar. A presença do casal na luta, em primeira fila, parecia agora ter um significado muito mais profundo, como se fossem peças centrais de um jogo que ele mal começava a compreender.

As dúvidas apenas criavam alicerces em sua mente. Mas, agora, ele sabia qual seria seu próximo lance.

18.

Daniel chegou rapidamente ao Aeroporto Internacional Licenciado Gustavo Díaz Ordaz, o coração acelerado, lembrando-se das palavras de Alejandro: "Héctor Vargas deve estar aguardando para ir embora".

Ao atravessar o saguão, foi recebido por uma série de cartazes coloridos e decorados com caveiras pintadas, flores e velas, celebrando a tradicional festa do Dia dos Mortos em Puerto Vallarta, que aconteceria no dia seguinte. Daniel admirou brevemente as imagens vívidas, mas manteve o foco. Ele se dirigiu ao painel de voos e, ao passar os olhos rapidamente pela lista de partidas para a Cidade do México, encontrou um que decolaria em minutos. Era uma aposta arriscada, mas nada melhor lhe passava pela cabeça.

Sem alternativas, Daniel comprou uma passagem de última hora para o voo, pagando um preço absurdo pela oportunidade de encontrar Héctor Vargas. Apertando o bilhete nas mãos, ele passou pelo controle de segurança, tentando disfarçar a ansiedade. Enquanto se dirigia ao portão de embarque, tentava imaginar como Héctor Vargas poderia parecer, um homem maduro, cerca de 50 e poucos anos, com a constituição física robusta de um lutador e altura semelhante à que ele tinha percebido no dia anterior. Alguém que tivesse uma presença imponente e desgastada pelo tempo.

Quando chegou ao portão de embarque, Daniel fez uma varredura com os olhos e, então, o reconheceu. Héctor estava sentado em uma cadeira, as costas largas e a postura relaxada, como a de alguém acostumado a intimidar apenas com a presença. Vestia um conjunto composto por agasalho e calça do mesmo material, mas leve, algo típico de quem frequenta academias. Ao lado dele estavam dois homens um pouco mais jovens que pareciam ser seu empresário e talvez um segurança ou assistente. Com certeza o cinturão havia sido despachado dentro de alguma mala, já que o mistério sobre quem era Fúria Nocturna permaneceria.

Daniel respirou fundo e se aproximou, mantendo a expressão casual. Sentou-se na cadeira ao lado de Héctor e esperou um momento antes de falar, para não alarmá-lo.

— Deve estar muito feliz pela vitória de ontem — disse, observando o rosto de Héctor enquanto ele reagia àquela abordagem.

Héctor estreitou os olhos de forma lenta, e parecia ligeiramente confuso. Surpreso, mas não exatamente preocupado, falou:

— Quem é você?

Daniel sorriu, tentando suavizar a tensão.

— Meu nome é Daniel. Daniel Sachs. Estou aqui por causa de Alejandro.

Héctor cruzou os braços, a expressão fechada.

— Eu não devo nada a ele — respondeu Héctor, sua voz baixa e controlada, mas carregada de ressentimento.

Os dois homens ao lado de Héctor trocaram olhares e começaram a se inclinar na direção de Daniel, incomodados com a presença do estranho. Daniel manteve a calma e olhou diretamente para Héctor.

— Não estou aqui para prejudicá-lo — disse Daniel, baixando o tom, mas mantendo a firmeza —, mas se algum de seus amigos me impedir de falar com você, eu posso transformar essa história na ruína da sua carreira, Héctor. Sou repórter.

Héctor estreitou ainda mais os olhos. Hesitou por um instante, depois deu um leve aceno de cabeça, indicando aos dois homens que se afastassem. Relutantes, eles se levantaram e foram para o outro lado da sala de embarque, deixando Daniel e Héctor a sós. Héctor olhou para Daniel com uma mistura de curiosidade e desafio.

— Tem coragem, *hombre* — comentou, os lábios formando um meio sorriso.

— Só quero entender por que você não agiu como o combinado na luta contra Alejandro — disse Daniel, observando atentamente qualquer reação no rosto de Héctor.

O rosto de Héctor endureceu.

— Tenho meus motivos. Não deixarei Alejandro tomar o legado do pai dele. Isso é tudo que precisa saber.

Daniel franziu o cenho, intrigado.

— E por que você agora veste a máscara de Fúria Nocturna e mantém o segredo de sua identidade? — questionou Daniel, inclinando-se ligeiramente para frente, tentando ler as emoções de Héctor.

Héctor suspirou, como se já estivesse cansado daquela linha de questionamento, mas respondeu com calma.

— Porque não seria uma boa ideia para o público saber que o melhor amigo de Miguel González, e também seu maior "rival", agora luta contra o filho dele. Mas não posso largar a *lucha libre*, é o que sei fazer. Então, a fantasia nos protege a todos.

Daniel ergueu uma sobrancelha, cético.

— Melhor amigo? Como assim?

Héctor desviou o olhar, a sombra de um sorriso triste em seu rosto.

— Miguel e eu nos conhecemos aqui mesmo, em Puerto Vallarta. Entramos juntos na *lucha libre*, passamos anos nos mesmos circuitos. Ele era como um irmão para mim.

As palavras de Héctor soavam sinceras, mas algo no tom dele não convencia completamente Daniel.

— Então você deve conhecer bem Maria González — comentou Daniel, tentando sondar.

O rosto de Héctor se fechou, um lampejo de desconforto cruzando seus olhos.

— O que quer dizer com isso? — perguntou Héctor, a voz agora mais ríspida.

Daniel percebeu que tocara num ponto sensível e mudou de assunto rapidamente, mas anotou mentalmente a reação do homem.

— E El Zorro também.

Héctor deu uma risada bufante.

— Aquele velho pirata era meu empresário.

— Ou seja, eram todos quase como uma família.

— Não aquele *hombre*. Ele foi um lutador mediano. Hoje, só se interessa pela fama. E ganha isso explorando todos os seus lutadores.

— Eu não o conheci.

— Nem queira. Pensando bem, foi uma dádiva Miguel ter se livrado dele. Não foi da melhor maneira, mas... — Houve um instante de silêncio, até que Héctor beijou um crucifixo que estava pendurado em uma corrente em seus pescoço. Um homem religioso. — E agora, o velho cuida da carreira do filho. É hilário — resumiu.

— Como foi para você estar no ringue no dia em que Miguel caiu morto?

Héctor cerrou os dentes, os punhos ligeiramente fechados sobre os joelhos.

— O que você acha? Nunca quis que aquilo acontecesse. Perder Miguel daquela forma... Fuego Estelar... e aquilo acabou com minha carreira por anos. Até que retornei como Fúria Nocturna.

Daniel permaneceu em silêncio por um instante, refletindo. Algo na resposta dele parecia continuar a conter um quê de verdade, mas Daniel não tinha certeza. Decidiu pressionar um pouco mais:

— Você foi ao enterro?

O homem titubeou.

— Miguel fora cremado e as cinzas jogadas no ringue onde nós treinamos. Aquele lugar era a sua vida. Eu estive presente somente nesta celebração, dias depois. Foi a minha despedida dele.

— Curioso.

— O que é curioso?

— Achei que eram como irmãos! Por que faltaria ao velório?

— Eu não conseguiria. Minha última lembrança de Miguel é dele ainda vivo, um *hombre* que explodia os músculos dentro de um ringue. Não poderia vê-lo imóvel dentro de uma caixa de madeira. Isso é tão estranho assim?

Para não levantar suspeitas?, Daniel pensou. Sabia que em muitos casos o assassino está presente no momento mais difícil da família, abraçando a todos, e depois é revelado causando surpresa geral, ainda mais por se tratar de uma figura pública. Héctor podia ter tido o mesmo pensamento que ele na época e feito o inverso.

— Então você realmente não teve nada a ver com a morte dele?

O rosto de Héctor se contorceu com aquela pergunta. Ele parecia pronto para reagir perigosamente, mas antes que pudesse responder, o anúncio do embarque imediato para a Cidade do México ecoou pelo alto-falante, salvando Daniel como o gongo de uma luta. Um funcionário da companhia aérea surgiu, chamando os passageiros para o portão.

Héctor lançou um último olhar a Daniel, cheio de exasperação e um toque de desafio. Parecia se controlar.

— Se foi Alejandro que o mandou até aqui, diga a ele que a história entre nós terminou. Não haverá revanche. Por nenhum dinheiro.

Daniel observou enquanto os dois homens se aproximavam novamente, um deles segurando a mala de Héctor. Ele se levantou, ajeitando o agasalho, enquanto Daniel deixava a cadeira da mesma forma.

Antes de se afastar, Daniel deu um último aviso, a voz baixa, mas firme:

— Estou entendendo que não terei todas as respostas de você. Pode ir, Héctor, mas algo está muito errado nisso tudo, e vou ficar em Puerto Vallarta até descobrir o que é.

Héctor não respondeu, mas seus olhos o examinaram por um instante. Daniel se virou e começou a caminhar em direção à saída. Ao se afastar, não resistiu e olhou para trás mais uma vez. Viu Héctor e os dois homens ao lado dele, e percebeu que o lutador ainda o observava, como se cada um estivesse tentando entender o outro.

***

Daniel olhou para o relógio e percebeu que ainda tinha algum tempo antes do encontro marcado com Nilla. Uma nova ideia surgiu em sua mente.

— Mais uma visita — murmurou para si mesmo, determinado a continuar sua investigação.

Pegou o celular e procurou no Google Maps por ringues de treinamento na região de Puerto Vallarta. Para sua surpresa, apesar de o México inteiro vibrar com o espetáculo da luta livre, havia apenas um local registrado na cidade. Aquilo parecia pouco, considerando a tradição e popularidade do esporte, e ele imaginou que nos anos 80 e 90 devia haver muitos mais. Deixando o aplicativo aberto, partiu em direção ao endereço indicado.

Desceu do táxi a poucos metros da entrada do ringue de treinamento. A fachada simples e desgastada do prédio era um contraste gritante com a fama gloriosa que a luta livre tinha no México. Uma placa de metal, com letras desbotadas e lascadas, pendia precariamente sobre a entrada, indicando que aquele era o local. Ele olhou ao redor, notando que não havia seguranças, nem recepcionistas ou qualquer sinal de controle no lugar, e entrou.

Assim que seus pés tocaram o piso do saguão, foi recebido pelo cheiro característico de suor, poeira e ferro. Um odor antigo, quase como se os ecos das lutas passadas ainda estivessem impregnados nas paredes. Adiante, avistou, ao centro, um ringue de luta livre que dominava o cenário, iluminado por luzes de neon amareladas e ladeado por cordas vermelhas desgastadas. As colunas de ferro que as sustentavam estavam cheias de arranhões e marcas de uso, como cicatrizes que guardavam as histórias de décadas de treinos e combates.

O chão ao redor estava encardido, com marcas de uso intenso. Equipamentos de academia rudimentares ocupavam as laterais: pesos livres, barras e bancos de exercício, cada um com sinais de uso frequente e intenso. Um grupo de homens, todos em trajes esportivos, treinava ali. Alguns levantavam peso, outros trocavam socos simulados com sacos de pancada, e dois jovens, dentro do ringue, executavam golpes ensaiados enquanto um instrutor os observava com expressão crítica.

Daniel fixou o olhar no ringue. Era quase como se pudesse ver as cinzas de Fuego Estelar espalhadas por aquele lugar, as memórias de seus treinos pairando no ar, quase tangíveis.

Olhando ao redor, viu uma parede coberta de troféus e fotos antigas, onde pequenos retratos dos lutadores se alinhavam lado a lado. Cada uma das imagens mostrava um homem mascarado, uma espécie de galeria dos heróis e vilões que já haviam passado por aquele lugar. Entre eles, seu olhar captou a máscara inconfundível de Fuego Estelar, seu rosto parcialmente escondido, mas os olhos transmitindo a intensidade de alguém que havia dedicado a vida a esse universo. Mais adiante, reconheceu um jovem El Zorro, com sua máscara preta que cobria apenas os olhos e o característico bigode negro e comprido. Abaixo, estava escrito: "Ricardo Sarmiento".

Porém, a ausência de Héctor Vargas naquela galeria chamou sua atenção. A presença dele estava apagada dali, como se alguém tivesse feito questão de omiti-lo, de varrer sua imagem da história do lugar.

O calor dentro do espaço era intenso, e Daniel percebeu que estava sedento. Caminhou até um bebedouro próximo e bebeu um longo gole de água, permitindo-se uma pausa. No momento em que ergueu a cabeça, ainda sentindo o frescor da água, uma voz ao seu lado interrompeu seus pensamentos.

— Posso ajudar em alguma coisa?

Daniel se virou de súbito, assustado com a presença do homem ao seu lado. Era um sujeito moreno com ombros largos e uma camiseta regata, molhada de suor, que olhava para ele com curiosidade.

— Ah, sim... desculpe. — Daniel disfarçou o susto e apontou para a parede com as fotos. — Estava procurando El Zorro, o empresário. Achei que talvez pudesse encontrá-lo por aqui.

O homem franziu o cenho, estudando Daniel com atenção, como se tentasse medir suas intenções.

— Ricardo Sarmiento não está aqui hoje — respondeu ele, sacudindo a cabeça. — E você é de onde?

— Sou do Brasil — respondeu Daniel.

O homem deu uma risada curta, um sorriso surgindo no rosto.

— Brasileiros... — comentou. — Gosto de brasileiros.

Daniel arqueou as sobrancelhas, curioso com a declaração e sentindo que a conversa estava tomando um rumo inesperado.

— Ah, é? Posso perguntar por quê?

— Um dos meus últimos namorados era brasileiro. Gente boa, muito charmoso. — O homem deu um sorriso, e Daniel assentiu.

Daniel havia feito uma pesquisa antes de ele e Nilla irem parar em Puerto Vallarta. A cidade não era apenas conhecida pela irresistível celebração do Dia dos Mortos. Ele sabia que era também conhecida como um refúgio de veraneio gay, um dos lugares mais seguros e acolhedores para a comunidade LGBTQ+ na costa do Pacífico — a "Cancún gay". Esse status tinha raízes antigas, remontando às festas glamourosas promovidas por Elizabeth Taylor, que gravara o filme *A Noite do Iguana* naquelas paragens, décadas antes, trazendo consigo uma aura de liberdade e celebração. Hoje, o legado continuava vivo: a cidade era repleta de bares, restaurantes, baladas e hotéis dedicados à comunidade, transformando-a em um destino vibrante e inclusivo.

Decidiu mudar de assunto, voltando ao motivo pelo qual havia ido até ali:

— Certo... e você sabe se Alejandro González treina aqui?

O homem hesitou por um instante, lançando um olhar furtivo ao redor, como se quisesse ter certeza de que ninguém estava ouvindo.

— Treina, sim. Mas, sinceramente, todos aqui se sentem melhor quando ele não está. Alejandro é... bem, ele gosta de toda a atenção voltada para ele. — Ele olhou para Daniel, arrependendo-se do comentário. — Mas, enfim, é o jeito dele, você entende.

Daniel apenas assentiu, registrando a informação. A imagem de Alejandro como alguém vaidoso e sedento por atenção fazia algum sentido, considerando a intensidade com que ele encarava as lutas e a forma como o ringue parecia ser seu palco pessoal, além de ser filho do maior lutador que pisara por ali. No entanto, aquela pequena revelação também o fez refletir: Alejandro, com seu orgulho e necessidade de reconhecimento, poderia muito bem guardar um rancor profundo contra alguém que tentasse lhe roubar o protagonismo, como Héctor Vargas fizera.

Mas, enquanto isso, o fato de não ver Ricardo Sarmiento ali o frustrava. Havia gastado tempo e energia naquela visita, esperançoso de que pudesse cruzar com o empresário lendário que estava envolvido na carreira de ambos os González.

O homem observou Daniel, como se notasse sua expressão de decepção.

— Ricardo é um sujeito meio ranzinza, um pouco... peculiar, se posso dizer assim. Ele prefere manter estranhos à distância — comentou o homem, dando um leve sorriso. — Diferente de muitos aqui... como eu e...

Ele olhou para trás, indicando um sujeito de camiseta regata justa e cabelo curto, que estava apoiado em uma barra de exercício e acenou um tchauzinho para Daniel.

Pego de surpresa mais uma vez, Daniel sentiu as bochechas esquentarem. Ele ergueu a mão esquerda, mostrando a aliança como um gesto que parecia claro e educado.

O homem deu de ombros, ainda com o sorriso no rosto.

— Isso não quer dizer nada, amigo! — respondeu.

Daniel deu um sorriso amarelo, agradeceu ao rapaz e foi em direção à saída, sentindo uma mistura de alívio e constrangimento.

Ao sair do ginásio, sentiu o calor do sol do meio-dia sobre ele, pensando que dessa vez não tinha tido sorte de encontrar quem estava procurando. Mas, com certeza, sua visita àquele local renderia frutos. Depois mandou uma mensagem para Nilla perguntando onde ela estava. Assim que recebeu a resposta, avisou que iria se encontrar com ela.

19.

Javier Ortiz terminava de embalar uma encomenda para entregar a um cliente que estava na Sueños de los Muertos quando a sineta eletrônica da porta soou. Ele olhou por cima do ombro e, com surpresa, viu Maria González, a mãe de Alejandro, entrar. Maria usava sempre roupas elegantes, que contrastavam com o ambiente colorido da loja, decorado com figuras de papel machê e tecidos vibrantes. Havia algo no modo como ela andava, firme e decidido, que fez com que Javier interrompesse seu trabalho e observasse cada movimento dela. Ela continuava sendo uma figura imponente, mesmo com o rosto carregado de cansaço.

Maria cruzou o espaço entre as prateleiras e o balcão sem olhar para os lados, como se já estivesse acostumada com aquele cenário, embora Javier tivesse certeza de que fazia anos que ela não pisava ali. Ela lançou um olhar rápido para ele e não disse nada, apenas seguiu em frente até o balcão onde Elsa estava, atrás do caixa. A presença de Maria ali, tão repentina e sem explicação, fez com que Javier ficasse alerta.

— Elsa, precisamos conversar — disse Maria, a voz baixa, mas com uma urgência que fez Elsa parar imediatamente o que estava fazendo.

Elsa parecia desconcertada, e Javier notou o rubor que subiu no rosto dela. Com um sorriso forçado, ela sussurrou:

— Por que você não marcou outro lugar para essa conversa? Aqui não é... adequado.

Maria olhou em volta, como se a própria ideia de estar ali fosse um sacrifício, e passou a mão pelos cabelos presos em um coque apertado.

— O assunto é muito importante, Elsa. Não posso me dar ao luxo de esperar — respondeu, o tom impaciente.

Maria lançou um olhar rápido para Javier, e Elsa seguiu o gesto, como se lembrasse da presença dele naquele instante. Elsa respirou fundo e assentiu.

— Então... vamos subir — respondeu Elsa, visivelmente desconfortável. Ela se moveu ao redor do balcão e conduziu Maria para uma escada estreita nos fundos, que levava ao segundo andar, onde moravam.

Javier acompanhou as duas com o olhar, o incômodo crescendo em seu peito. Desde pequeno, ele sempre observava Elsa com uma mistura de admiração e preocupação, mas era raro vê-la tão nervosa quanto naquele momento. Já Maria González não era qualquer pessoa. Quando criança, Javier a conhecia como uma figura de respeito, alguém que sempre pairava sobre eles na casa dos González com uma postura autoritária e, ao mesmo tempo, misteriosa. A curiosidade o consumia; ele queria saber por que Maria decidira vir até ali, na loja que Elsa havia construído após deixarem a casa dos González. Mas, claro, não ousaria perguntar.

Depois que as duas desapareceram escada acima, Javier recebeu ele mesmo o pagamento do cliente e entregou a encomenda, mas seus pensamentos estavam longe dali, imersos em lembranças que ele tentava manter guardadas no fundo da memória.

Quando era criança, a vida parecia simples. Ele e Elsa viviam na casa dos González. Sentiam-se de certa forma incluídos naquele mundo. Javier se lembrava das brincadeiras com Alejandro, dos jogos de esconde-esconde e das aventuras que criavam nos jardins amplos da propriedade, mesmo que fosse difícil acompanhá-lo, pois Javier era coxo de nascença. Na época, Alejandro era mais do que um amigo; era praticamente um irmão. Eles compartilhavam segredos, sonhos e medos, e ele acreditava que aquela amizade duraria para sempre.

Mas tudo mudara. Javier tentou não deixar que a lembrança amarga do que veio depois tomasse conta de seus pensamentos, mas era difícil. O que mais o marcava não era apenas a distância que se formou entre ele e Alejandro, mas o que veio depois da morte de Miguel González, o lendário Fuego Estelar. Sua mãe se viu forçada a deixar a casa dos González em circunstâncias que Javier não compreendia completamente na época. Então sua mãe tomou a decisão de abrir a loja Sueños de los Muertos, onde agora estavam.

A mudança fora difícil. A casa dos González era cheia de vida, iluminada e movimentada, enquanto a nova vida deles na loja era...

menos grandiosa. Era apenas ele e Elsa, e a loja parecia absorver toda a energia dela. Enquanto crescia, ele se acostumara com o ritmo e com o trabalho, mas sabia que sua mãe guardava algo daquele passado. A relação com Alejandro também se tornara um reflexo desse distanciamento. Com o tempo, eles mal se cumprimentavam quando se viam na cidade, e Javier sempre sentia o peso da barreira invisível que se formara entre eles.

As vozes abafadas de Elsa e Maria vinham lá de cima, mas eram pouco audíveis. Javier tentou se concentrar no que estava fazendo, mas a sensação de ser excluído o deixava inquieto. Sabia que algo de importante estava acontecendo, e uma parte de si queria descobrir o que era. Ele tentou ouvir melhor, mas o ruído do andar de cima era vago demais.

Javier pegou uma fantasia para arrumar, as mãos trabalhando automaticamente enquanto a mente estava a quilômetros de distância. Não conseguia esquecer as histórias que Elsa lhe contava quando ele era pequeno, sobre o mundo cheio de brilho e mistério da *lucha libre*, as lutas épicas de Fuego Estelar e seus rivais. No fundo, ele ainda nutria uma curiosidade sobre aquele universo, embora agora ele olhasse com ceticismo para tudo que o cercava. Ele aprendera da pior maneira que a glória podia ter um preço alto.

Seus pensamentos foram interrompidos pelo som de passos na escada. As vozes de Elsa e Maria silenciaram, e logo as duas mulheres apareceram de volta na loja, com expressões carregadas. Maria parecia ainda mais tensa, e Elsa exibia uma expressão que Javier não conseguia interpretar.

As duas se despediram com um aceno rápido, e Maria saiu da loja sem nem olhar para ele, o que, de certo modo, o deixava até aliviado.

Ele tinha muitas perguntas, mas sabia que não teria nenhuma resposta. Ainda assim, era difícil controlar. Voltou-se para Elsa, que parecia imersa em pensamentos, o rosto sério.

— O que ela queria? — perguntou tentando parecer casual, mas a curiosidade traía sua voz.

Elsa hesitou, olhou para o filho com um misto de preocupação e melancolia, como se estivesse considerando o que poderia ou não dizer.

— Não se preocupe com isso, Javier — respondeu, antes de se virar e retornar ao seu lugar atrás do balcão.

Javier assentiu, embora estivesse longe de se convencer.

20.

Malecón Boardwalk, a avenida principal de Puerto Vallarta, estava tomada pelo brilho quente do sol e pelo burburinho de turistas que caminhavam por entre as barracas de artesanato, lojas de lembranças e restaurantes coloridos que disputavam a atenção de quem passava. Daniel avistou Nilla mais adiante, encostada sob a sombra de uma palmeira e bebendo uma garrafinha de água. Sua câmera profissional, pesada e volumosa, pendia no pescoço, descansando sobre o peito, enquanto ela observava o movimento com aquele olhar atento de fotógrafa.

Daniel se aproximou e, sorrindo, disse:

— Eu sempre me pergunto como você aguenta esse troço, ainda mais com esse calor.

Nilla, em um gesto descontraído, retirou a câmera do pescoço e a entregou para ele. Daniel firmou seus dedos nas alças de couro.

— Aqui, sinta você mesmo — disse ela com um sorriso maroto e oferecendo a água. Daniel agradeceu e recusou.

— E aí, o que você fez de bom? — perguntou.

— Consegui umas fotos incríveis. O Dia dos Mortos deixa a cidade com uma atmosfera tão vibrante, não é? Cores para todo lado, flores, máscaras, pinturas... tudo isso me rendeu uns cliques ótimos — respondeu ela, os olhos brilhando. — Acho que essas vão me dar um bom retorno nos bancos de imagens.

Daniel assentiu, sabendo que Nilla ganhava uma boa quantia com aquelas fotos. Ela havia apostado em vendê-las através de plataformas de banco de imagens online, e, com seu olhar afiado e uma câmera profissional, transformava cenas cotidianas em pequenas obras de arte. Pensando nisso, ele se lembrou do que presenciara sobre IA nos últimos dias e o que ouvira sobre a nova geração generativa que podia gerar imagens digitalmente, quase perfeitas. Quantas profissões, inclusive a de Nilla, estariam ameaçadas por aquelas criações eletrônicas forjadas?

Nilla interrompeu seus pensamentos, mudando o foco:

— E você? Como foi o encontro com Relâmpago Escarlata? — perguntou enquanto encostava a garrafinha d'água na testa.

Daniel suspirou, ensaiando uma expressão de frustração.

— Não consegui muita coisa. — Ele pausou, calculando como continuaria. — Depois de vê-lo, acabei indo a outros dois lugares para tentar entender o que aconteceu na luta.

Nilla o olhou de esguelha, com ceticismo.

— Você não vai continuar com isso, né? Daniel, estamos de férias — advertiu, com o tom calmo, mas incisivo.

Daniel deu de ombros, tentando se justificar.

— Isso vai depender da isca que deixei no último lugar. Fui até um ringue de treinamento, sabe, para ver se achava algo mais.

Ele evitou mencionar a loucura de antes, ou seja, o preço exorbitante da passagem aérea que pagara para seguir Héctor Vargas no aeroporto. Evitou até pensar na cara de Nilla quando visse a fatura do cartão de crédito. Em vez disso, forçou um sorriso, como se o tempo que havia passado nas ruas de Puerto Vallarta fosse só uma questão de curiosidade.

— Isca? — Ela revirou os olhos, como quem não queria saber dos mistérios de Daniel. — É melhor eu não perguntar mais nada sobre isso — disse, balançando a cabeça e voltando a atenção para o celular, verificando os avisos e comentários nas redes sociais sobre as fotos que havia postado.

Daniel agradeceu por ela mudar o foco rapidamente. Não queria se comprometer mais. Sabia que, se começasse a contar os detalhes, acabaria revelando tudo — e isso, definitivamente, o enrascaria. Ainda teriam mais alguns dias na cidade, e tinha tempo para investigar... vagarosamente. Além disso, o Dia dos Mortos seria dali a dois dias. Tinha todo o simbolismo, e algo dizia a ele que ainda falaria com Miguel até lá.

Daniel relaxou por um instante, acompanhando o fluxo de turistas na avenida, mas algo ao longe chamou sua atenção.

Saindo de uma loja de nome peculiar, Sueños de los Muertos, viu uma figura que reconheceu imediatamente: era a mãe de Alejandro, a mesma mulher com quem havia se encontrado incidentalmente naquela manhã. Ela deixou a loja pisando duro, com coque na cabeça e os lábios apertados em uma linha de descontentamento, e, quando chegou ao carro, deixou a bolsa cair. Parecia nervosa. Recolheu apressadamente o objeto antes de entrar no carro e partir.

Daniel não conseguia afastar a sensação de que aquilo era uma coincidência grande demais para ser ignorada. Vira a mãe de Alejandro poucas horas antes, e agora ela estava ali, em um estado visível de tensão. Algo estava acontecendo.

Nilla chamou sua atenção, guardando o celular de volta no bolso da calça jeans.

— Sabe o que eu fiz? — perguntou, sorrindo.

— O quê?

— Eu acessei aquele QR Code que recebi dias atrás — respondeu ela. — E baixei um aplicativo bem estranho... chama-se Aeternus.

O sangue de Daniel gelou. Ele ficou paralisado, o rosto traindo por um breve instante a tensão que lhe tomava. Seu primeiro impulso foi confessar tudo, desabafar sobre o aplicativo, sobre Miguel e a estranha rede de mistérios que começava a desvendar. Mas ele se segurou, a cautela o obrigando a reprimir as palavras que lhe queimavam a língua.

Nilla continuou falando, sem perceber o impacto que suas palavras haviam causado:

— Só que o aplicativo não faz nada. — Ela fez uma careta. — Estou com medo de ter baixado algum vírus no celular, para ser sincera.

Daniel quase suspirou de alívio, mas se controlou e disfarçou a reação, tentando manter o tom casual.

— Hmmm... posso dar uma olhada depois — disse, em voz calma, torcendo para que ela não fizesse mais perguntas sobre o aplicativo. — Mas agora realmente precisamos sair desse sol e encontrar um lugar para almoçar.

Ela anuiu.

— Boa ideia. A sombra parece ser uma raridade por aqui.

21.

O homem permaneceu em pé no quarto, seus olhos varrendo o ambiente com uma intensidade calculada. Sabia que retornar para aquele lugar era crucial; cada detalhe deveria estar sob seu controle. A mudança de planos havia sido inesperada, mas não podia se dar ao luxo de deixar escapar qualquer informação.

Ele respirou fundo, sentindo os músculos enrijecerem levemente, o corpo sempre preparado.

A presença do repórter, de última hora, pegou-o de surpresa. Algo estava fora de lugar, um elemento novo. Conforme orientado, era necessário agir rápido, corrigir o curso e adaptar-se.

Estendeu a mão para o telefone sobre a mesinha, deixando os dedos descansarem sobre ele por um instante, absorvendo a frieza do aparelho antes de começar a discar.

Um a um, ele começou a ligar para as pousadas, hotéis e resorts da região. A cada ligação, sua voz permanecia calma e cortês, perguntando por um nome específico: Daniel Sachs. As respostas, porém, eram sempre negativas. Os recepcionistas educadamente lhe informavam que não havia nenhum hóspede com aquele nome em seus registros.

Ele suspirou, mas a determinação permanecia inabalável. Perspicaz, calculou mentalmente que uma dúzia de locais já haviam sido contatados. Sabia que, para encontrar seu alvo, paciência era fundamental. Tudo o que ele precisava fazer era continuar. Essa certeza o alimentava.

Na vigésima tentativa, quando ligou para o resort Mar y Sol, algo mudou. Do outro lado da linha, a recepcionista fez uma pausa ligeiramente mais longa que o usual antes de responder.

— Um momento, *señor*. Vou transferir para o quarto.

Uma faísca de satisfação brilhou em seu olhar. Ele desligou o telefone, pousando-o lentamente de volta na mesa. Agora, sabia onde o repórter estava.

Ele inspirou profundamente, os músculos retesando com a expectativa do que estava por vir. Cada fibra de seu corpo parecia ansiar por ação, como se estivesse prestes a soltar toda a tensão acumulada em um movimento rápido e decisivo.

Mas ainda não era o momento. Havia algo especial, quase simbólico, sobre o dia que agiria. O *Día de Muertos* se aproximava, e ele concordava que não havia data mais apropriada. Sabia que naquele dia específico, a cidade de Puerto Vallarta estaria tomada por celebrações, danças e rituais. As ruas estariam enfeitadas com altares, flores de cempasúchil e velas, e o som dos festejos preencheria o ar. Aquele ambiente de misticismo e reverência aos mortos era o cenário perfeito para um encontro decisivo.

Sim, ele podia esperar mais alguns dias. Aguardaria pacientemente, como um caçador no esconderijo, até que o momento fosse ideal. E, no *Día de Muertos*, tudo mudaria.

22.

Daniel fechou a porta atrás de si com cuidado. Nilla, exausta do longo dia, finalmente dormia profundamente, o que dava a ele a oportunidade de sair até a varanda e entrar no Aeternus sem interrupções.

Daniel se acomodou na cadeira de madeira maciça, inspirou o ar fresco da noite e abriu o celular. Seus dedos hesitaram um instante antes de fazer a chamada de vídeo.

A tela piscou algumas vezes e ele aguardou, os olhos fixos na escuridão da varanda. Depois de alguns segundos, a figura de Miguel apareceu do outro lado. Sua imagem apresentava os contornos artificiais extremamente bem definidos. A IA sorriu, uma expressão cuidadosamente programada para parecer amistosa.

— Miguel — disse Daniel, a voz baixa e direta. — Hoje eu conheci seu filho, Alejandro. Também tive um breve encontro com sua esposa, Maria González.

Miguel inclinou a cabeça como se refletisse. Claro que não estava "refletindo" de verdade — era apenas uma máquina, uma entidade digital que reagia de acordo com comandos pré-programados.

— Essa informação é valiosa, Daniel. Cada detalhe, cada interação que você tem com eles e me conta, enriquece meus dados e permite que possamos entender mais profundamente as conexões entre as pessoas do meu passado — respondeu Miguel. — Fale-me mais sobre o encontro com Alejandro e Maria.

Daniel respirou fundo, pensando em como organizar a torrente de informações que reunira. O encontro com Relâmpago Escarlata fora tenso, carregado de uma negligência velada que ele não soubera bem como interpretar, mesmo com a derrota na noite anterior. Já Maria, a mãe de Alejandro, fora... bem, ele sabia como tinha sido.

— Seu filho parecia desolado com o resultado da luta. Notei um certo pesar em sua voz ao falar de você, mas ele parecia resignado nesse aspecto. Comentou muito pouco sobre a sua morte. E o dinheiro também não parece ser um problema naquela casa.

— Minha história se entrelaça com aquela casa. Maria e Alejandro herdaram a propriedade, e não há registros de que tenham tentado vendê-la. É provável que Alejandro sinta minha presença por lá de vez em quando. Isso deve pesar.

— Depois fui ao aeroporto e confrontei Héctor Vargas. Perguntei a ele por que venceu Alejandro na luta livre, mas a resposta não ficou clara. E, para ser sincero, ainda não sei por que ele fez isso.

Daniel estudou a expressão de Miguel, mas não houve qualquer mudança perceptível. Não houve um sinal de surpresa ou hesitação, apenas o mesmo semblante calmo e concentrado.

— Héctor é um mistério para muitos — respondeu Miguel. — Ele sempre soube jogar com as cartas escondidas. Saber vencer e perder faz parte da personalidade que ele construiu. El Zorro, o empresário, era uma figura estratégica em nossas carreiras.

— É curioso você citar o El Zorro. Fui até a academia de treino. Tentei falar com ele, mas sem sucesso. — Daniel suspirou. — Mas sei que logo ele será comunicado de que estou aqui na cidade.

Miguel assentiu.

— Ótimo. Sua presença, Daniel, não passará despercebida por muito tempo.

A IA permaneceu em silêncio por um instante, como se processasse informações antes de continuar.

Daniel olhou mais atentamente para a tela. Havia algo peculiar nos óculos de Miguel. Aqueles óculos levemente arredondados chamavam atenção de um jeito estranho. Daniel sentia uma espécie de desconforto ao vê-los. Finalmente, ele cedeu à curiosidade.

— Miguel... por que você está usando óculos? Quero dizer, você é uma IA, não precisaria usá-los.

Miguel manteve um leve sorriso, e pela primeira vez Daniel percebeu um tom quase lúdico em sua resposta.

— Essa é outra diretriz do usuário original. Acho que ele previu que eu estaria utilizando óculos nessa idade. O aplicativo criou a imagem de um objeto que combinasse com meu rosto.

Daniel franziu a testa, intrigado. Ele se pegou prestes a fazer a pergunta que sempre o incomodava: quem, exatamente, era esse "usuário"? Mas hesitou. Lembrava-se claramente de quando Miguel explicara as "diretrizes" a ele, deixando claro que certos argumentos não seriam respondidos. De qualquer forma, havia uma razão muito grande para aquele mistério.

Decidiu mudar de assunto:

— A propósito, Miguel, vi sua esposa saindo de uma loja de fantasias hoje, chamada Sueños de los Muertos. Você sabe qual a relação dela com essa loja?

Miguel pareceu refletir por um instante, os olhos, ainda atrás dos óculos, projetando uma calma quase perturbadora.

— Elsa Ortiz, a dona da loja, trabalhou para a nossa família. Ela foi governanta em nossa casa por muitos anos. Era muito próxima de Maria e ajudou a cuidar de Alejandro quando ele era pequeno. Possivelmente, Elsa saiu da casa depois da minha morte.

Daniel sentiu um leve tremor de excitação ao ouvir aquilo. Aquela informação, ainda que simples, tinha potencial para abrir novas perspectivas na investigação.

— Então vocês eram próximos de Elsa?

— Não sei responder — disse Miguel. — Ela foi uma das funcionárias que mais tempo esteve na casa. Mas talvez ela saiba mais do que você imagina, Daniel. O tempo ao lado da família pode tê-la levado a conhecimentos e confidências que outros desconhecem. Talvez seja uma boa ideia você visitar o lugar.

Daniel fez uma pausa, absorvendo cada palavra. Cada pedaço de informação parecia uma nova peça de um quebra-cabeça complexo. Decidiu explorar mais um pouco:

— E você e Héctor Vargas? Eram amigos de verdade?

Miguel demorou alguns segundos, e Daniel percebeu uma ligeira mudança na expressão da IA. Havia ali uma hesitação programada, como se a máquina estivesse calculando as melhores palavras para a resposta.

— Meus registros mostram que treinamos juntos por anos sob a gestão de El Zorro. Nas lutas, eu era o "mocinho" e Héctor representava o "vilão". A disputa entre nós dois sempre foi mais simbólica que real, até o dia do meu confronto final.

A voz de Miguel ficou levemente mais pesada.

— Aquele foi um confronto verdadeiro entre mim e Héctor. E, claro, o último da minha vida.

Daniel tentou conter a tensão em seu peito. Toda aquela história era tão cheia de camadas e segredos que parecia impossível decifrar. Sentiu um impulso de prosseguir com suas suspeitas, mas preferiu ser cauteloso:

— Se eu fosse realmente investigar um possível assassinato, eu colocaria Héctor como suspeito principal. A vida dele caiu e prosperou depois de sua morte, e isso é difícil de ignorar. Mas ainda é apenas uma suspeita preliminar. E nada é tão simples.

— Uma hipótese, ainda que vaga — concordou Miguel, mantendo seu tom calmo e controlado. — E não podemos descartar a possibilidade de que há mais de uma pessoa envolvida no meu assassinato.

A tranquilidade da IA continuava a deixá-lo desconfortável. Miguel respondia com tamanha naturalidade que era difícil lembrar que ele não era realmente Miguel, mas uma representação digital dele. Aquilo tudo ainda era muito novo para Daniel.

Mais de uma pessoa, refletiu.

Tomou as palavras como uma possibilidade. Nos casos anteriores, em Veneza e Pocklinton, isso se mostrou ser mais do que uma simples realidade.

Estava completamente envolvido outra vez.

Ele respirou fundo e, de repente, o peso da mentira que vinha sustentando para Nilla se tornou insuportável. Precisava desabafar, precisava expressar o que sentia. Talvez a IA, com toda sua artificialidade, pudesse oferecer algum alívio momentâneo.

— Está cada vez mais difícil, Miguel. Tenho mentido para Nilla sobre o verdadeiro motivo de minha investigação. Ela acha que estou aqui por motivos diferentes, e sinto que isso está me corroendo.

Miguel manteve o olhar firme, mesmo através da tela.

— Eu entendo, Daniel. Mas preciso da sua ajuda. Quando você deixar Puerto Vallarta, eu serei desativado. Então temos uma única chance, Daniel. Uma oportunidade de resolver isso antes de eu desaparecer. Sei que é muito, mas você será recompensado.

Daniel se espantou com aquelas palavras, sentindo como uma pressão invisível pesando sobre seus ombros. Era como se Miguel tivesse lhe dado um ultimato, uma carga emocional densa e perturbadora. Ele não sabia bem o que pensar sobre a "recompensa" mencionada. Aquilo soava quase como uma barganha, como se a IA estivesse vendendo a si mesma para garantir que Daniel não desistisse.

Em seguida, Miguel sorriu com seu sorriso artificial e se despediu:

— Agradeço as informações, Daniel. Você se envolveu mais do que eu esperava. Vamos falar em breve.

E então, sem mais uma palavra, a tela ficou escura.

23.

— Por que viemos no ponto de encontro de ontem? — Nilla perguntou, franzindo as sobrancelhas e lançando um olhar desconfiado para Daniel enquanto caminhavam pela avenida movimentada.

Ele deu de ombros, tentando soar casual.

— Bem, com o Dia dos Mortos sendo amanhã, pensei que poderíamos entrar no clima e, quem sabe, comprar fantasias para a data.

A expressão de Nilla mudou instantaneamente, iluminando-se com a sugestão.

— Ai, que ótimo! Nunca pensei em fazer isso! E onde você acha que encontramos algo assim?

Daniel apontou discretamente para a loja de fantasias que ele tinha visto no dia anterior, Sueños de los Muertos. Ele esperava que Nilla não percebesse o verdadeiro motivo de sua visita — a investigação que ele conduzia em segredo.

Eles caminharam juntos até a entrada da loja. Uma pequena sineta eletrônica soou acima de suas cabeças assim que entraram, um som leve e nostálgico que parecia dar as boas-vindas aos dois. O ambiente era quase mágico, as paredes cobertas por máscaras coloridas, crânios falsos com velas dentro das órbitas e uma miríade de objetos decorativos. A loja exalava uma mistura de incenso e cera, criando uma atmosfera mística, cheia de simbolismo. Os olhos de Nilla brilhavam enquanto ela percorria as prateleiras, encantada com as peças que faziam referência a tradições antigas.

Enquanto Nilla inspecionava as máscaras de caveira e os acessórios com flores, uma mulher com um sorriso gentil se aproximou deles. Tinha uma aparência calorosa, mas com uma presença que exalava autoridade.

— Posso ajudar vocês com algo? — perguntou, sua voz suave e acolhedora.

— Sim! — Nilla respondeu, animada. — Queremos comprar fantasias para o Dia dos Mortos, mas... não fazemos ideia do que escolher.

A mulher riu suavemente, uma risada que parecia atravessar anos de tradição.

— Posso ajudá-los com isso. Eu sou Elsa, a dona da loja. Vamos encontrar algo especial para vocês.

Essa é Elsa Ortiz, então.

Enquanto Nilla e ela trocavam ideias sobre roupas e acessórios, Daniel percebeu que sua esposa estava entretida o suficiente para ele explorar o lugar com mais liberdade. Ele deu alguns passos para o outro lado e notou um jovem rapaz organizando um conjunto de chapéus e máscaras.

Daniel se aproximou, e o rapaz o encarou com um olhar atento, como se tentasse avaliar suas intenções.

— Posso ajudar em algo? — perguntou.

— Na verdade, sim. Somos brasileiros. Essa é a nossa primeira vez no México, e também no Dia dos Mortos — disse Daniel, tentando puxar conversa. — É uma tradição fascinante. Eu sei que muitas pessoas comparam com o Halloween, mas imagino que seja muito diferente, não é?

O jovem assentiu.

— *Sí*, é diferente. Halloween é mais sobre sustos, fantasias. Já o *Día de Muertos* é uma celebração, uma forma de homenagear os entes queridos que já se foram. Transformamos o luto em festa, uma maneira de celebrar a vida que eles tiveram.

Daniel sorriu, tentando parecer genuinamente interessado.

— No Brasil, temos o Dia de Finados, que é na mesma data que vocês comemoram. Lá, porém, é um pouco mais melancólico. Aqui é tudo mais colorido...

— Já ouvi falar.

— Desculpe pelas comparações. Não foi minha intenção desrespeitar o feriado de vocês.

— Sem problema — o rapaz respondeu. — Muita gente pensa igual.

Daniel respirou fundo, pensando em como conduzir a conversa para o que realmente lhe interessava.

— Sabe, não acredito muito em mau-agouro ou coisas assim. Mas anteontem eu fui a uma luta livre... achei que seria interessante ver de perto essa tradição.

— Onde foi? — o rapaz perguntou, desinteressado.

— No teatro principal da cidade. Vi Relámpago Escarlata em ação — Daniel respondeu. Ele notou um leve endurecimento na expressão do rapaz. — Foi uma luta intensa, mas, sinceramente, parecia que ele não teve muita sorte. Achei que ele fosse vencer.

O rapaz deu de ombros, desviando o olhar.

— *Sí*, eu soube. Essas lutas são imprevisíveis para o público.

Daniel forçou um sorriso amigável.

— Você apostaria no Fúria Nocturna?

O jovem ergueu as sobrancelhas, ainda mantendo o desinteresse.

— Não sou de apostas.

— Imagino que não. Mas... você não assistiu a luta?

— Não — o rapaz respondeu rapidamente.

Daniel decidiu testar a reação dele.

— Sabe que Relámpago Escarlata é Alejandro González, certo?

Agora um olhar de surpresa e desconforto cruzou o rosto do jovem.

— Todo mundo sabe quem ele é.

— E quanto a Fúria Nocturna? — Daniel perguntou, observando cada detalhe da expressão do rapaz. — Quem você acha que ele é?

O jovem deu de ombros, mas Daniel notou que ele parecia mais tenso.

— Não sei e também não me importo com essas bobagens de *lucha libre*.

O rapaz evitou mais contato visual, e Daniel percebeu que ele estava ficando incomodado com o rumo da conversa.

— Desculpe se estou sendo intrometido — disse, fingindo arrependimento. — Achei que você pudesse conhecer Alejandro... Talvez até ser amigo dele. Vocês parecem ter idades próximas.

Daniel observou o jovem por um instante, notando o desconforto crescente em seu semblante. Não queria pressioná-lo demais, mas precisava continuar na linha de investigação. Javier não disse nada. Daniel respirou fundo e seguiu, com um tom um pouco mais amistoso:

— A mãe dele esteve aqui ontem, não é? Maria González?

O rosto de Javier endureceu de novo. Muito mais.

— E por que você quer saber? — perguntou, a voz ligeiramente áspera, como se estivesse no limite da paciência.

— Pensei que talvez pudesse me dizer o motivo.

— Não estou entendendo, *señor*.

Daniel deu um meio sorriso, apontando para o lado em que Nilla e Elsa ainda conversavam, distraídas.

— Sabe, eu estive na casa dos González horas antes para falar com Alejandro — comentou despretensiosamente, mas dando um tom a mais ao citar o nome de Alejandro. — Depois eu a vi por aqui. E ela parecia bem nervosa. Coincidência? Pode ser. Talvez ela já estivesse planejando vir até a loja, mas não acredito que tenha sido para comprar velas.

Javier cruzou os braços e o encarou com uma expressão dura, os olhos fixos nos dele. Daniel sabia que tinha chegado no limite, e estava cada vez mais claro que não conseguiria muito mais daquele rapaz emburrado. Nem mesmo sabia se ele conhecia os verdadeiros motivos da visita.

Decidiu anuviar, mudando novamente de assunto:

— Eu disse que somos estrangeiros, e tudo isso é novo para a gente. Quando vejo uma tradição tão forte e pessoas envolvidas como vocês, fico curioso. Só pensei que... talvez aquela senhora que está atendendo minha esposa possa mencionar algo interessante sobre o festival, ou sobre a cidade.

— Ela não é sua fonte de informações turísticas — retrucou, a voz baixa, mas carregada de irritação.

Daniel suspirou, percebendo que precisava arriscar mais uma vez. Algo tinha que sair dali.

— Você e ela moram sozinhos? — disse, escolhendo cuidadosamente as palavras.

Foi nesse momento que a paciência de Javier pareceu ir embora. Ele bateu a palma da mão no balcão, causando um som alto o suficiente para fazer Elsa e Nilla olharem na direção deles.

— O que houve, Javier? — Elsa perguntou, surpresa. Seu tom era calmo, mas o olhar mostrava preocupação enquanto caminhava até onde os dois estavam.

Daniel não hesitou. Sorriu levemente e apontou para o balcão.

— Era uma grande formiga no balcão, nada além disso — informou.

Elsa se aproximou de Daniel com a testa franzida, mas parecendo escolher não dar mais atenção ao incidente.

— Eu vou atender os dois daqui em diante.

— Obrigado — Daniel agradeceu.

Ele e Elsa voltaram para perto de Nilla. Daniel se virou e viu Javier mancar em direção às cortinas que levavam a um corredor à esquerda deles e desaparecer.

— Me desculpem pelo meu filho — disse ela, suavemente. — Ele tem alguns... rompantes. Às vezes nem eu entendo de onde vem tanto temperamento.

Daniel assentiu, fingindo compreensão.

— Não foi nada, é compreensível.

Aproveitando a troca de assunto, Daniel pegou um sombrero rodeado de caveiras e suspensórios enfeitados com rosas vermelhas e brancas de uma das prateleiras.

— Acho que já escolhi a minha fantasia — disse a Elsa e Nilla, mostrando os itens com um sorriso.

Nilla franziu o nariz.

— Achei que fosse escolher uma máscara de lutador... Mas tudo bem, se você acha que combina.

Elsa sorriu e se virou para Nilla lhe oferecendo um conjunto que incluía um corselet tradicional, uma saia longa e uma tiara decorada com rosas vermelhas.

— Acho que ficaria perfeito em você. É a fantasia de "Catrina".

Nilla hesitou por um segundo antes de confessar:

— É lindo, mas estou grávida. Não sei se devo usar algo muito apertado.

Elsa ficou radiante com a notícia, parabenizando Nilla com um entusiasmo sincero.

— Oh, que maravilha! Parabéns! Mas não se preocupe, sei exatamente como é. Faz muitos anos, mas já passei por isso. Prometo que essa fantasia será confortável para você.

Depois de algum tempo, Nilla finalmente concordou com a sugestão. Daniel se sentiu aliviado ao ver que ela estava satisfeita e que ele poderia encerrar a visita sem levantar suspeitas.

— Certo — ele disse, pegando todos os itens e levando-os até o balcão. — Vamos fechar tudo, então.

Elsa sorriu gentilmente, dizendo que finalizaria a venda. Empacotou as peças e recebeu o pagamento por cartão de crédito. Verificou o canhoto da transação, estava tudo correto. Mas Daniel era bom em perceber gestos, e notou que ela deu uma atenção especial ao nome dele, que estava impresso no canhoto, como se houvesse se surpreendido.

Antes de entregar as sacolas, olhou profundamente para Daniel e Nilla.

— Espero que gostem da celebração.

— Tenho certeza de que será inesquecível — respondeu ele, acenando com a cabeça e pegando as sacolas.

Quando saíram da loja, Nilla estava encantada com a experiência, comentando sobre a simpatia de Elsa e a beleza dos trajes. Lembrou que devia ter trazido a máquina fotográfica. Daniel apenas assentiu, lançando um último olhar para a porta da loja, onde podia ver Elsa parada, dando-lhe adeus com a mão.

24.

A tarde estava quente quando Daniel e Nilla chegaram ao saguão do resort, as sacolas de compras balançando em suas mãos e o entusiasmo das compras para o Dia dos Mortos ainda fresco no rosto de Nilla. Mas antes que pudessem alcançar o elevador, a recepcionista os chamou com um sorriso formal.

— *Señor* Sachs, há uma pessoa esperando pelo *señor* no bar da piscina.

Daniel franziu o cenho. Não esperava visitas.

— No bar da piscina? — perguntou, surpreso. — Por que ele não aguardou aqui na recepção?

A jovem recepcionista esboçou um sorriso educado, mas hesitante.

— Ele preferiu ir para um lugar aberto... mencionou que gostaria de fumar.

Daniel sentiu uma leve tensão, uma sensação de que aquele encontro não seria casual. Antes que pudesse dizer algo, Nilla olhou para ele, desconfiada.

— É o Relámpago Escarlata? — perguntou ela, tentando adivinhar o motivo da visita.

Daniel balançou a cabeça, sem ter certeza.

— Não sei.

Ele agradeceu à recepcionista e ambos se dirigiram ao bar da piscina, que ficava do outro lado do resort. À medida que se aproximavam, Daniel percebeu a figura de um velho sentado em uma das cadeiras de madeira, fumando um cigarro e pescando-os com um olhar atento e penetrante. Era impossível não notar o bigode fino e meticulosamente aparado, assim como o semblante calculista. Então, Daniel soube de imediato: aquele cara era El Zorro. Mesmo protegido pela sombra de uma paineira, estava usando um terno amarrotado embaixo de todo aquele sol. Nenhuma bebida ao seu lado.

Sentindo o olhar fixo do homem sobre eles, ele se virou para Nilla e falou com um tom decidido:

— Acho melhor você subir para o quarto.

Nilla olhou para ele com suspeita, os olhos semicerrados.

— Onde você está se metendo, Daniel?

Ele forçou um sorriso despreocupado.

— Pare de desconfiança, Nilla. Esse é o empresário de Relámpago Escarlata. Provavelmente veio falar mais sobre a luta de anteontem.

Nilla cruzou os braços, visivelmente descontente.

— Não gostei dele. Tem um jeito... estranho. Além disso, ele está fumando — disse, franzindo o nariz para a fumaça que dançava pelo ar ao redor de El Zorro.

Daniel novamente sorriu para acalmá-la, entregando-lhe as sacolas.

— Mais um motivo para você não ficar perto da gente. Será rápido, eu prometo.

Nilla suspirou, resignada, e pegou as sacolas, lançando um último olhar ao homem que fumava calmamente.

— Eu realmente espero que você saiba o que está fazendo — disse, antes de se virar e se dirigir ao elevador.

Enquanto ela se afastava, Daniel se aprumou e seguiu em direção a El Zorro. Quando chegou ao lado do homem, o velho nem sequer fez menção de cumprimentá-lo. Com uma expressão que misturava cansaço e tédio, ele tragou o cigarro e falou, sem tirar os olhos de Daniel.

— Já sabe quem eu sou. Não precisamos de apresentações, certo?

Daniel assentiu, tentando manter a postura firme diante da aura intimidadora do empresário. Sentou-se na cadeira ao lado, mas El Zorro não parecia interessado em gentilezas. Soltou a fumaça em uma longa baforada, mirou em Daniel, como se quisesse atravessá-lo com aquele olhar penetrante.

— Você não é tão desconhecido assim, *señor* Sachs. Pesquisei e soube de histórias.

— Sei disso, embora eu nunca tenha procurado por este tipo de fama.

— Então o que um repórter brasileiro está fazendo aqui, incomodando meus lutadores e enchendo a cabeça do Alejandro?

Daniel sorriu ligeiramente, mas seus olhos se mantinham atentos.

El Zorro não apenas sabia da sua visita à academia, mas também à casa de Alejandro. *E posso jurar que não foi o jovem a contar para ele.*

— Imaginei que o senhor teria muita curiosidade para aparecer pessoalmente. Geralmente uma pessoa como o senhor não procuraria um repórter apenas para esclarecer o resultado de uma luta.

El Zorro soltou uma risada baixa e sarcástica.

— Acredite, filho, eu poderia estar em qualquer outro lugar. Mas você está levantando uma poeira que já estava assentada, com muitas perguntas que nada tem nada a ver com a luta.

Daniel desviou o olhar por um instante, observando crianças brincando na piscina, como se procurasse uma distração da tensão crescente entre eles.

— A vida de Alejandro não deve ter sido fácil. Perder o pai tão cedo, crescer sob os cuidados de Maria... e, talvez, sob os seus.

O velho não esboçou nenhuma reação, mantendo-se impassível. Daniel notou a frieza nos olhos dele, um sinal de anos de controle emocional. Por um breve instante, sentiu a tentação de mencionar Héctor Vargas, mas se conteve. Precisava de El Zorro relaxado e disposto a falar, deixá-lo pensar que tinha controle da situação, e qualquer provocação poderia fechar a porta para novas informações.

Mas apenas por pouco tempo.

El Zorro tragou o cigarro mais uma vez, depois esmagou a ponta no cinzeiro ao seu lado e virou o corpo lentamente para Daniel.

— Vamos ao ponto. O que você quer? Dinheiro?

A pergunta atingiu Daniel como uma bofetada. Ele se inclinou para frente, o rosto enrijecido pela indignação.

— Deve estar acostumado a agir desta forma. Mas não estou atrás de dinheiro. Estou aqui para descobrir quem matou Miguel.

Pela primeira vez, a expressão de El Zorro mostrou uma pequena rachadura. Algo como irritação passeou pelo rosto do empresário antes que ele recuperasse o controle e mantivesse o olhar frio e calculado.

Ele ajeitou o seu terno meio amarrotado.

— Loucura... Miguel morreu no ringue. Não houve assassinato. Foi uma tragédia, mas uma tragédia que ocorre todos os dias.

Daniel se manteve firme, a voz baixa e incisiva.

— Sei que o laudo foi inconclusivo.

El Zorro balançou a cabeça, com um ar de desprezo.

— Eu mesmo vi o laudo. Miguel sofreu uma parada cardiorespiratória, isso foi confirmado. Uma arritmia, provavelmente por causa do esforço ou da ansiedade do dia. Uma fatalidade, nada mais.

Daniel não se deixou abater e continuou pressionando:

— Tem certeza? Pode provar?

O empresário respondeu com um suspiro irritado:

— Se quiser provas, peça uma cópia para Maria González. Eu garanto que ela a tem.

Daniel hesitou, questionando pela primeira vez se a Inteligência Artificial poderia ter mentido para ele. Agora sentia-se como um marinheiro em alto-mar, perdendo o controle sobre a direção de seu próprio navio. Estaria sendo manipulado por um programa de computador?

El Zorro se recostou na cadeira com um olhar de desdém.

— Ouça, repórter, esse assunto não é para você. Cuide dos seus próprios negócios e vá embora antes de arranjar problemas.

Daniel não se intimidou. Levantou-se ao mesmo tempo que o empresário, se colocando a uma altura maior que a dele, como um sinal de que não recuaria tão facilmente.

— Eu ainda tenho alguns dias na cidade — disse, em um tom desafiador. — E se houver mesmo algo escondido sobre a morte de Miguel, eu vou descobrir. Sou bom nisso.

El Zorro sorriu, mas não havia humor em sua expressão, apenas um desprezo ácido.

— O que eu faria se fosse você, *señor* Sachs? Aproveitaria esses dias com sua linda esposa — comentou propositadamente. — *Sí*, ela é linda, não é? Eu gostei dela.

Com isso, o empresário girou nos calcanhares e começou a ir, acendendo outro cigarro enquanto caminhava. *Ele vai passar pela recepção fumando? Com que tipo de homem eu acabei de lidar?*, Daniel pensou. Não era apenas a pouca importância que ele parecia dar às regras, mas também a ameaça implícita nas últimas palavras do velho, que haviam pairado no ar como uma nuvem de fumaça pesada.

Daniel ficou observando-o se afastar, uma sensação inquietante tomando conta de seu peito.

Era claro como a água: El Zorro havia declarado guerra.

Ou, quem sabe, uma luta livre entre eles.

25.

Daniel decidiu seguir El Zorro. O velho havia saído da conversa com algo no seu olhar gélido que o deixava inquieto. Sem mandar uma mensagem para Nilla — era melhor resolver isso quando voltasse —, ele se lançou na perseguição improvisada, sabendo que não fazia ideia de quanto tempo levaria.

El Zorro caminhava com seu terno amarrotado e um vigor inesperado para alguém de sua idade, o que deixava claro que ele não havia vindo de carro. Passo após passo, Daniel o seguiu a uma distância segura, dobrando esquinas pelas ruas estreitas de Puerto Vallarta, entre casas enfeitadas para o Dia dos Mortos. Cores vibrantes de flores e velas decoravam as fachadas, embelezando o caminho com uma aura quase mística.

Após alguns minutos, El Zorro cruzou uma pequena praça modesta, com um chão de pedras irregulares e alguns bancos de ferro onde moradores locais e turistas sentavam para conversar ou descansar. Uma fonte desativada estava coberta por pétalas de flores, uma oferenda para as almas celebradas naquele feriado.

Daniel observou com atenção quando um varredor de rua mais velho, que estava encurvado com uma vassoura em mãos, notou a presença de El Zorro e acenou para ele.

Ao cruzar com o homem, o varredor interrompeu seu trabalho, pousando a vassoura de lado. Lentamente, ele se aproximou de El Zorro, segurou a mão do velho com respeito e a beijou.

Daniel ficou surpreso com aquela reverência. Não era um simples cumprimento; era uma homenagem silenciosa, quase devocional. Ele sentiu o peso daquele gesto. O quanto El Zorro seria idolatrado por ali? Que tipo de poder ou influência ele exercia para merecer tal respeito? Era como se o velho carregasse consigo um manto invisível de autoridade, algo que poucos ousariam questionar. *Um herói?*

El Zorro aceitou a saudação com um aceno mínimo de cabeça, não esboçando qualquer emoção em seu rosto rígido, como se o gesto fosse algo comum e insignificante em sua rotina. A simpatia passava longe daquele homem.

Daniel continuou o seguindo, cada vez mais intrigado. Após passar pela praça, El Zorro finalmente chegou à entrada de uma velha igreja. Era uma construção com uma fachada em tons de branco e detalhes levemente desgastados pelo tempo. Uma placa indicava o nome do lugar: *"Iglesia de Santa Luz de los Milagros"*. Cruzes de ferro negro adornavam o exterior, e o fraco brilho das velas em oferendas espalhadas pelas escadarias lançava uma luz tremulante que dançava nas paredes da igreja.

Daniel hesitou. Era realmente curioso ver alguém como Ricardo Sarmiento entrando em uma igreja, mas, em um país onde o catolicismo era professado por mais de 90% dos mexicanos, talvez não fosse tão incomum quanto parecia.

Ele respirou fundo, olhando ao redor uma última vez para se certificar de que ninguém o observava, e então seguiu o velho para dentro do lugar.

No interior, o ar era fresco e carregado de uma calma solene. Fileiras de bancos de madeira preenchiam o espaço, todas alinhadas em direção ao altar. Acima deles, um grande crucifixo pendia sobre uma estátua de Nossa Senhora, os olhos de mármore da estátua fixos em um ponto indefinido no horizonte. As paredes eram adornadas com imagens de santos emolduradas em dourado enquanto velas acesas lançavam sombras trêmulas e misteriosas.

Uma igreja bonita, embora simples. Daniel notou fiéis ajoelhados nos bancos, murmurando preces em voz baixa, alguns com olhos fechados em contemplação profunda. Outras poucas pessoas, provavelmente turistas, estavam distribuídas pelos cantos, admirando o local e tirando fotos discretas. A iluminação suave e difusa deixava várias áreas nas sombras, especialmente os cantos próximos ao altar, criando uma atmosfera de introspecção.

O som dos passos de Daniel ecoava pelo espaço sagrado, um contraste com o silêncio que dominava o ambiente. Ele parou por um momento, percorrendo o olhar ao redor, em busca de El Zorro. Para sua surpresa, viu o velho já avançando para o fundo da igreja, perto do altar, com passos firmes e decididos.

Daniel observou atentamente enquanto El Zorro se aproximava de uma porta discreta, localizada ao lado direito do altar. Era uma entrada de madeira ornamentada, semioculta por pesadas cortinas de veludo que pendiam nas laterais. Então deslizou pela porta sem hesitar, desaparecendo por ela.

Daniel ficou estático, observando a porta pela qual Ricardo Sarmiento havia passado. Aos poucos, uma ideia começou a se formar em sua mente.

Virou-se e seu olhar retornou à cena da praça, ao varredor de rua beijando a mão do velho em um gesto de reverência. Era um costume raro, típico de fiéis mais antigos e devotos que ainda demonstravam respeito aos padres e aos homens da igreja com uma postura quase medieval. O austero e misterioso empresário de luta livre que ele conhecera agora parecia ter uma vida completamente paralela, uma identidade inesperada, até mesmo contraditória...

Ricardo Sarmiento era o padre daquela paróquia.

Daniel ficou sem acreditar por alguns segundos. El Zorro demonstrava ser exatamente o oposto do que ele conhecera da figura de um padre: um ser imponente, rígido, com um ar severo e até intimidador. Mas as peças começavam a se encaixar. A deferência do varredor, a maneira como ele se movia pelo interior da igreja com familiaridade, aquela porta dos fundos, um espaço privado, possivelmente reservado ao clero.

Quanto ao fato de um padre ter uma segunda ocupação, não era tão incomum, afinal. Em pequenas paróquias, era normal que eclesiásticos tivessem outros empregos. Daniel sabia que as igrejas menores, especialmente em comunidades mais afastadas, não tinham recursos para sustentar seus sacerdotes exclusivamente com as doações dos fiéis. Muitos padres assumiam outros papéis: alguns ensinavam nas escolas locais, outros trabalhavam como carpinteiros, agricultores, até mesmo médicos. Mas ser empresário, e mais ainda, ex-lutador de luta livre... Isso era algo completamente fora do comum para ele, um misto de incredulidade e ironia. Quais seriam as qualidades necessárias para estar na luta livre e, ao mesmo tempo, cuidar das necessidades espirituais de uma comunidade? Era uma dicotomia bizarra, quase cômica. Na sua experiência como repórter, Daniel já havia se deparado com todo tipo de figuras excêntricas, mas um padre que também fosse um empresário de lutadores mascarados ultrapassava qualquer expectativa. Um homem enigmático, envolvido em um mundo de ringues e muitas vezes obscuro, cheio de apostas e rivalidades. Todavia, pela reação anterior do varredor de ruas, as pessoas não deviam se importar muito com aquilo.

A combinação de poder e fé que aquele homem parecia carregar agora fazia mais sentido. A reverência com que o tratavam, a autoridade com que se movia, tudo se encaixava. Para a comunidade, ele não era apenas um empresário; era alguém digno de respeito e confiança, um líder que se destacava tanto dentro quanto fora da igreja.

Daniel deu um último olhar para a porta dos fundos, para o altar e para a figura silenciosa de Nossa Senhora sobre ele. Respirou fundo, absorvendo o peso de tudo o que havia descoberto. Sua mente já começava a formular novas perguntas, a desenhar conexões. Se Sarmiento era uma figura tão respeitada e enigmática, ele certamente sabia mais sobre toda aquela rede de mistérios do que deixava transparecer. Talvez aquele homem tivesse até mesmo algumas respostas para as perguntas que Daniel ainda nem sabia como fazer.

Quando saiu da igreja, buscou seu celular no bolso. Pensou em ligar para Nilla, mas havia uma outra ligação mais urgente a realizar.

Ou melhor, uma videochamada.

26.

O homem estava sentado à beira da cama, com as mãos entrelaçadas e os olhos fixos no chão de madeira escura. O ambiente ao seu redor era modesto, quase austero, com poucos adornos: um crucifixo pregado na parede e uma pequena imagem de Nossa Senhora sobre um altar improvisado no canto do quarto, ao lado de uma bíblia. O fedor do cigarro estava impregnado em cada canto. À sua frente estava Ricardo Sarmiento, o El Zorro, que havia chegado há pouco, sentado em uma cadeira tão antiga que parecia que desmontaria sua base a qualquer instante.

O homem observou Ricardo. Ele se lembrava da primeira vez que vira o lutador no ringue, uma figura quase mitológica de força e poder. Agora, embora El Zorro ainda mantivesse sua imponência física, havia algo em seu rosto que revelava o peso dos anos e das batalhas passadas.

Ele se inclinou levemente e disse:

— Parece que o repórter quer saber mesmo o que aconteceu com Fuego Estelar. Ele é insistente. — A voz saiu ríspida.

Ricardo cruzou os braços, o olhar pensativo.

— Repórteres investigativos sempre acreditam ser os heróis das histórias. — Ele soltou um riso curto, sem humor. — Mas heróis acabam tropeçando nos próprios pés quando se deparam com um labirinto tão bem montado quanto o nosso.

O homem arqueou uma sobrancelha.

— Você acha que ele pode conectar tudo?

Ricardo fez uma pausa. A luz do cômodo parecia lançar sombras ainda mais profundas sobre seu rosto envelhecido.

— Não acredito que tenha uma imagem clara. — Ele fez um gesto vago com a mão. — E nós garantiremos que parte dessa história fique escondida para sempre.

O homem soltou um suspiro pesado, mas sua expressão continuava desconfiada.

— Foi o mesmo pensamento que tivemos há anos, lembra? Quando tudo desmoronou ao redor de Miguel. Fizemos um acordo para proteger os nossos interesses, e você sabe o que aconteceu.

Ricardo voltou os olhos para ele, com um brilho frio e calculista.

— O acordo funcionou, de um jeito ou de outro. — A voz carregada de convicção.

— *Sí*, ele morreu. — O homem estreitou os olhos, como se o peso daquelas palavras ainda pairasse sobre ambos. — Tenho receio que Alejandro fale algo. Aquele rapaz vive no mundo dele, sozinho.

— Ele não está sozinho, tem a mim.

O homem permaneceu em silêncio, absorvendo as palavras de El Zorro. Algo na última fala do ex-lutador o incomodava profundamente, como se cada palavra tivesse sido escapulido de sua boca antes que percebesse. Ele ponderou se deveria insistir no assunto, mas sabia que não valia a pena. Entre eles existia um pacto, um acordo silencioso de anos que não podia ser desfeito — não agora. Se havia algo não dito entre eles, seria discutido em outro momento. Então, com um leve aceno de cabeça, optou por encerrar a conversa ali, permitindo que o desconforto pairasse sem precisar ser confrontado.

— O que está te incomodando? — perguntou Ricardo, mudando de assunto e deixando o olhar vagar pelo quarto simples.

O homem hesitou, mas acabou confessando:

— Essa reunião não deveria acontecer nas dependências da igreja... você sabe como eu considero este lugar sagrado. — Ele fez uma pausa, como se procurasse forças para continuar. — Estar aqui, desse jeito... parece um erro. Uma afronta.

Ricardo inclinou a cabeça levemente, os olhos brilhando com algo que poderia ser sarcasmo ou um falso entendimento.

— Esta é a casa do Senhor. Não há lugar melhor para buscarmos entendimento e resolução. — A voz saiu quase solene, carregada de uma teatralidade que tornava a fala ainda mais incômoda. — Lembre-se, a igreja não é apenas um espaço físico, mas um abrigo para todas as almas, inclusive as inquietas como a sua.

O homem apertou os punhos, incomodado com o tom. As palavras de Ricardo, ditas como se fossem de um mero pregador, não traziam consolo algum. Pelo contrário, soavam como uma forma de manipulação mascarada de autoridade divina.

Ricardo, então, baixou levemente os olhos.

Ao perceber que Ricardo observava com atenção os seus braços, o homem se moveu. As tatuagens com símbolos católicos que cobriam seus membros superiores pareciam capturar o olhar do velho lutador, que as estudava com uma intensidade quase desconcertante.

— Algum problema? — perguntou para Ricardo, com um toque de desconforto.

El Zorro ergueu os olhos para ele, como se despertasse de um devaneio, mas um leve sorriso brincava em seus lábios.

— Não... — murmurou, desviando o olhar. — É só que... suas tatuagens. Elas sempre me impressionam.

O homem franziu o cenho, ligeiramente irritado, sentindo-se

vulnerável sob aquele olhar malicioso. A maneira como Ricardo o analisava o deixava inquieto, como se houvesse uma admiração implícita, talvez até uma veneração.

Para desviar o foco, ele perguntou com um tom casual:

— Há quanto tempo você não usa a máscara de El Zorro, velho? Duvido que não a vista de vez em quando.

Ricardo ergueu uma sobrancelha, surpreso com a pergunta, mas um esgar sombrio logo modificou seu rosto. O homem sabia que ele já havia sofrido inúmeros ataques de adversários, e aquele era apenas mais um, dessa vez somente com palavras bem no queixo.

Ricardo levantou da cadeira e se virou, caminhando até o pequeno armário no canto do quarto. Abriu as portas. Lá dentro, entre roupas, repousavam a máscara negra e a sunga que usava nas lutas, ambas parecendo carregar uma energia própria, um resquício de todas as batalhas travadas ao longo dos anos.

Ricardo segurou a máscara em uma mão e a sunga na outra, antes de voltar a encará-lo com uma expressão desafiadora. Depois, colocou os dois objetos no bolso do paletó. Do mesmo bolso, tirou seu maço de cigarros e um isqueiro. Acendeu um deles.

— Eu vou me encontrar com Alejandro ainda hoje. Garanto que ele não falará mais nada com o repórter — comentou Ricardo.

— Isso é muito pouco — o homem replicou. — Não acaba com o risco.

— É por isso que estamos aqui — respondeu o velho. — O *Día de Muertos* é amanhã. Eu mesmo executaria o resto do plano, mas tenho ciência das minhas limitações. Por isso, preciso de você — disse ele, com uma voz grave, um misto de desafio e encorajamento.

O homem respirou fundo, se esforçando para não interpretar aquilo como uma ordem direta. Admitia que o velho tinha uma mente afiada, capaz de manobrar palavras e ideias com uma destreza que muitos invejariam. Mas algo em Ricardo sempre o irritava profundamente: a forma como ele nunca utilizava o plural. Era sempre "eu" isso, "eu" aquilo, como se o mundo girasse exclusivamente ao redor de suas ambições, de seus desejos, de sua história. No fundo, Ricardo nunca estivera realmente disposto a dividir nada — nem poder, nem culpa, nem redenção. Tudo sempre terminava nele, como se o resto fosse descartável, como se todos os outros fossem meros coadjuvantes no grande espetáculo de sua vida. Mas não era momento de ceder à raiva. Então se levantou, determinado, como se estivesse prestes a encarar não apenas um plano, mas algo mais profundo, uma verdade que talvez estivesse tentando evitar há muito tempo.

— E o que faço agora?

27.

A imagem de Miguel apareceu na tela, tão real quanto em qualquer conversa presencial, a expressão séria e atenta, pronta para ouvir o que Daniel tinha a dizer.

— Acho que já estive com todas as pessoas mais ligadas a você — começou Daniel, tentando conter a avalanche de pensamentos que lhe vinha à mente. — Hoje fui à loja Sueños de los Muertos e conheci Elsa Ortiz e Javier.

Miguel permaneceu imóvel por um instante, como se processasse a informação. Em seguida, assentiu com um leve movimento de cabeça. Sua voz saiu calma, quase robótica, mas com um tom que procurava soar humano.

— Posso verificar registros trabalhistas e confirmar a presença de Elsa Ortiz na nossa casa durante o período que mencionei. Ela trabalhou como governanta. Quanto ao filho, Javier Ortiz, posso acessar dados escolares e documentos básicos, mas apenas isso. Ele tem 20 anos.

Daniel franziu o cenho, calculando mentalmente as idades. Javier deveria ter cerca de seis anos quando Miguel morreu, quase a mesma idade que Alejandro.

— Achei interessante conhecê-los, mas não consegui descobrir muito na loja — continuou Daniel. — Não sei ao certo qual a relação de Elsa Ortiz e Maria González, além do que você acabou de me dizer, de que Elsa trabalhava para vocês. — Ele fez uma pausa, como se relembrasse o que presenciou. — Mas logo depois do encontro com ela, voltei para o resort e... fui "intimidado" por El Zorro.

Miguel pareceu inclinar a cabeça, intrigado.

— Então você mudou de opinião? Passou sua suspeita de Héctor Vargas para Ricardo Sarmiento?

Daniel tentou organizar os próprios pensamentos antes de responder.

— Não sei o que pensar — confessou. Foi quando decidiu perguntar sobre a dualidade que existia em Ricardo Sarmiento: — Miguel, desde quando ele é padre? Eu estou certo, não é? Eu o vi entrar nos fundos de uma igreja.

Miguel assentiu.

— *Sí*, está correto. Ricardo Sarmiento é padre desde a época em que ainda era lutador. Ele chegou até a usar uma roupa que lembrasse o clérigo, mas a igreja o proibiu disso. Depois, mudou o codinome para El Zorro. — Houve um novo e breve *delay*. — Porém, não viam com maus olhos o fato de ele lutar. Afinal, *lucha libre* é um esporte, e os padres podem ter outras atividades.

Daniel ergueu as sobrancelhas, surpreso com a tolerância do clero local.

— Então a igreja era a favor do El Zorro no ringue? — questionou, incrédulo.

— De certa forma, sim. A presença dele ajudava a atrair as pessoas para a paróquia.

— E qual foi a relação dele com você, além do empresariado?

— Ricardo sempre foi muito próximo da minha família. — Miguel fez uma pausa, como se os olhos distantes recordassem de algo, mas era apenas um gestual artificial. — Foi ele quem batizou o Alejandro. Maria e eu sempre fomos muito católicos, e frequentávamos a paróquia desde que me lembro. Então, para nós, ele era mais do que apenas um empresário. Era um amigo da família, alguém em quem confiávamos.

Daniel balançou a cabeça, assimilando as informações.

— Você quer dizer que o Alejandro cresceu com El Zorro como uma espécie de empresário e... referência espiritual? — perguntou, ainda tentando se acostumar com a ideia de um empresário de luta livre e padre ao mesmo tempo.

— Exatamente. Maria tinha o costume de levar o Alejandro para a igreja antes das lutas.

Daniel notou o jeito prático e, ao mesmo tempo, quase supersticioso daquela família. Para Miguel, as crenças tinham um papel forte, mas ele também não parecia interessado em seguir todas as regras ao pé da letra.

O homem disse:

— Para sua informação, posso dizer que a missa do padre Ricardo Sarmiento costuma ser celebrada todo domingo, caso queira estar presente.

— Pode apostar. Mas não pretendo estar mais aqui no domingo — respondeu Daniel, sacudindo a cabeça com um sorriso irônico. Ele não via a menor possibilidade de ficar naquela cidade além do prometido para Nilla.

Daniel fez mais uma troca de olhares com Miguel.

— Tem algo que me incomoda.

Miguel se inclinou, como se seu semblante quisesse transmitir uma preocupação genuína.

— O que seria?

Daniel hesitou, mas decidiu confrontar a IA com suas próprias dúvidas.

— Você mentiu para mim, Miguel. El Zorro parecia muito seguro ao dizer que você morreu de um ataque do miocárdio. Mas você falou anteriormente que a causa da sua morte foi inconclusiva.

Miguel pareceu refletir, a expressão levemente impassível.

— Nem todas as informações que posso fornecer são absolutamente precisas — respondeu. — Sou uma IA generativa. Houve alguns comentários de fãs à época, em blogs e fóruns online, sobre como eu já subi ao ringue, mas tudo muito obscuro. Porém, posso fazer algo para tentar ajudar com isso. Encaminharei o vídeo de minha última luta para que você mesmo possa analisar. Você verá com os próprios olhos se havia algo de estranho comigo assim que subi no ringue.

Daniel franziu o cenho, analisando as palavras de Miguel. Já tinha escutado vários alertas de que uma IA, por vezes, pode cometer enganos. Era muito fácil perceber isso quando Nilla mostrava para ele algumas fotos bizarras criadas com Inteligência Artificial, que ela recebia de seus colegas fotógrafos. Entretanto, o vídeo daria um novo ânimo à Daniel, mas não muito. *Será que realmente houve algo de incomum na postura de Miguel naquele dia?* Talvez ele já estivesse sentindo algum mal-estar vindo do coração antes da luta, e isso explicaria o resultado. Mas a dúvida persistia.

— Tudo bem, vou assistir ao vídeo — respondeu, embora seu tom deixasse claro que estava longe de satisfeito. — Mas... não sei qual o próximo passo. Se eu for às autoridades sem nada concreto, não vão acreditar em nada disso. E é provável que também não aceitem uma investigação baseada em uma IA.

Miguel assentiu, o semblante enigmático.

— Procurar a polícia não é o objetivo aqui, Daniel. Eu nunca te pedi isso. O que o usuário deseja é apenas saber a verdade.

Com essa última frase, a conexão foi abruptamente encerrada, e a tela do celular voltou à escuridão. Em seguida, o aviso do encaminhamento de um vídeo soou no Aeternus.

Daniel apertou o play e o vídeo começou a rodar, trazendo consigo o ruído familiar do público ao fundo. A câmera se movimentava levemente, capturando o brilho intenso das luzes que iluminavam o ringue, e Daniel sentiu como se estivesse sendo transportado para aquele momento, para aquele lugar.

A imagem de Miguel González surgiu, e o coração de Daniel acelerou. Miguel estava suando demais, quase como se tivesse acabado de sair de uma sauna. Cada passo que ele dava no ringue parecia meio grosseiro, desajeitado, como se um peso invisível estivesse dificultando seus movimentos.

O oponente de Miguel, claramente, era Héctor Vargas. O homem parecia concentrado, com uma postura imponente, a expressão marcada pela agressividade. A plateia vibrava a cada movimento, mas Miguel parecia perdido em sua própria batalha interna.

Daniel observou atentamente cada detalhe. O suor escorrendo pelo corpo de Miguel, a respiração ofegante e o olhar vacilante, como se estivesse tentando se concentrar, mas algo o estivesse impedindo.

Fuego Estelar deu um passo para trás, tentando manter a postura, mas suas pernas vacilaram. Ele cambaleou por um momento, apoiando-se nas cordas do ringue. Daniel se perguntou se Miguel estaria passando mal desde o início. As câmeras não captavam próximo, mas era evidente que algo estava errado. Ninguém subiria ao ringue assim, debilitado, sem razão aparente.

No vídeo, o combate continuava. Héctor, aparentemente alheio ao sofrimento de Miguel, desferia socos rápidos e impiedosos. Miguel tentava se esquivar, mas era como se seu corpo não estivesse obedecendo. De repente, em um esforço extremo, Fuego Estelar contra-atacou com um golpe de joelho direto no estômago de Héctor. A plateia explodiu em aplausos, e por um breve momento, Miguel pareceu revigorado.

Mas não. O suor de Miguel aumentava, pingando como chuva. Sua respiração se tornou mais ofegante, quase dolorosa. Seus movimentos eram lentos, hesitantes. E então, como um golpe final, ele vacilou mais uma vez, cambaleando até cair outra vez de joelhos. Daniel observou, perplexo, enquanto Miguel tentava se reerguer, sem sucesso. A plateia, antes ensurdecedora, parecia serenar aos poucos, enquanto a realidade daquele momento alcançava todos ao redor.

Foi então que Fuego Estelar tombou. A imagem ficou por alguns segundos no corpo imóvel no chão, e Daniel sentiu um calafrio percorrer sua espinha. Era como se estivesse presenciando um fantasma, o último suspiro de um homem que estava ali, lutando, e que agora não estava mais. Depois, o juiz e os paramédicos. Enquanto isso, Héctor parecia se desesperar, com as mãos na cabeça.

E fim.

Daniel continuou parado, o celular ainda na mão, o pensamento congelado em um turbilhão de dúvidas. O certo é que Miguel realmente não parecia estar normal antes mesmo de subir ao ringue. Era muita informação. Mas um questionamento deixava tudo ainda mais obscuro: o "usuário". Quem era ele, afinal? E se não queria que ele procurasse a polícia, estava apenas à procura da verdade, ou... de vingança?

Depois, a ideia se formou em sua mente como um espectro ainda mais incômodo...

Daniel podia estar ajudando nisso.

Assustado, decidiu voltar correndo para o resort, antes que Nilla o colocasse num avião de volta para o Brasil.

28.

O cheiro de suor e urina impregnava o vestiário da academia de treino de luta-livre. Naquele final de tarde, já com o local completamente vazio, Alejandro estava sentado em um dos longos bancos de madeira. As paredes eram revestidas de azulejos antigos e alguns armários de metal marcados pelo uso pesado completavam o cenário. No canto, um espelho grande refletia o semblante pensativo de Alejandro, que aguardava.

Havia recebido uma mensagem de Ricardo, que queria vê-lo com urgência.

Finalmente, a porta do vestiário se abriu, e Ricardo Sarmiento, o imponente El Zorro, entrou com passos firmes.

— Por que demorou tanto? — Alejandro perguntou, a voz carregando uma ponta de impaciência.

Ricardo acendeu um cigarro e fechou a porta atrás de si, sem pressa, como quem não se importava com a urgência do outro.

— Passei o dia resolvendo algumas pendências — respondeu calmamente, em um tom despreocupado que aborrecia Alejandro.

Alejandro bufou, frustrado com a resposta vaga, e observou o homem à sua frente. Quando criança, Ricardo lhe parecia um gigante invencível. Agora, embora ainda fosse imponente, algo nos olhos do veterano transparecia uma exaustão que Alejandro notava mais a cada reencontro.

— Ontem um repórter brasileiro veio me procurar — comentou Alejandro, tentando quebrar o silêncio desconfortável. — Parece que ele quer saber o que realmente aconteceu naquela maldita luta.

Ricardo assentiu, como se já soubesse de antemão.

— Eu sei — disse ele, sem surpresa, depois de uma baforada.

— Mas como você soube?

— Sua mãe me procurou e contou sobre o repórter. Ela parecia preocupada.

Alejandro ergueu as sobrancelhas, surpreso. Aquele não era um termo que associava facilmente à mãe.

— Preocupada? — soltou um riso amargo. — Não me lembro dela

alguma vez se preocupar comigo como uma mãe. Por que faria isso agora?

Ricardo o observou em silêncio, o olhar carregado de uma compreensão que Alejandro nunca conseguia decifrar.

— Eu vi muita coisa acontecer na sua família, Alejandro — começou Ricardo, escolhendo as palavras com cuidado. — Sem a presença de Miguel, acho que você e sua mãe deveriam ser mais unidos. A vida nos mostra o valor das coisas quando elas já passaram.

Alejandro desviou o olhar, irritado. Não gostava de ouvir o nome do pai saindo da boca de Ricardo. A ideia de se reconciliar com Maria lhe parecia forçada, quase absurda. Nunca havia sentido uma conexão com ela. Se ela não se importara enquanto ele crescia, por que o faria agora?

— Não vejo por que isso deveria mudar agora — respondeu firme, cruzando os braços. — Ela nunca agiu como uma mãe de verdade para mim. Estou bem sozinho.

Ricardo o estudou por alguns instantes, parecendo ponderar se deveria insistir no assunto, mas optou por deixá-lo morrer ali.

— De qualquer forma, você não pode contar nada do passado de vocês para aquele repórter.

— Por quê?

Ricardo olhou para Alejandro com uma expressão grave, as mãos entrelaçadas em um gesto que lembrava a postura de um pregador prestes a iniciar um sermão. Sua voz, calma e ritmada, carregava o peso de um homem que acreditava estar acima do julgamento humano.

— Repórteres são como aqueles que duvidaram do Salvador, meu filho. — Ele fez uma pausa, o olhar fixo em Alejandro, penetrante como o de uma figura que acreditava estar à frente de uma congregação. — Eles vêm com perguntas que não precisam de respostas, cavando onde a terra deveria permanecer sagrada. Não buscam a verdade, mas o caos. E como os fariseus, trazem consigo apenas problemas, julgando o que não compreendem. — Ele inclinou a cabeça levemente, um toque de teatralidade em cada gesto. — Devemos ter cuidado com esses "profetas" modernos, Alejandro. Pois suas palavras, assim como a espada, podem ferir, e seus escritos podem condenar mais do que qualquer pecado que carreguemos.

A postura de Ricardo, com sua fala que mais parecia um sermão, fazia um desconforto crescer dentro dele como uma maré lenta, porém implacável. Nunca gostava de ouvi-lo falar como um padre, especialmente em momentos como aquele.

Ele umedeceu os lábios, evitando encarar Ricardo diretamente, enquanto um arrepio percorria sua espinha.

— Talvez... talvez o repórter só esteja fazendo o trabalho dele — murmurou Alejandro, quase como se estivesse se desculpando por discordar. Sua voz era baixa, hesitante, um contraste evidente com a firmeza da de Ricardo. — Toda essa coisa de "profetas modernos" soa... um pouco exagerada.

Mas a maneira como Ricardo o observava, tão profundamente convicto, só fazia Alejandro sentir como se estivesse pisando em um terreno sagrado que não compreendia completamente.

— Sua alma está em paz? — Ricardo perguntou, mudando rapidamente o tema, enquanto lançava um olhar para os armários ao redor, alguns cobertos de adesivos e recortes de revistas de luta.

Alejandro hesitou, mas acabou dizendo:

— Fico pensando se não estou... cometendo um erro. Um... pecado.

Ricardo sugou a ponta do cigarro e balançou a cabeça.

— Alejandro, já falamos milhares de vezes sobre isso. Eu não sou como um oponente em um ringue. O que nós dois fazemos não carrega pecado algum aos olhos do Senhor. Veja quanto bem eu já fiz por você.

Ele se inclinou ligeiramente para frente, os olhos fixos em Alejandro, como se quisesse atravessar suas dúvidas.

— O amor é um reflexo da compaixão divina. Falo sobre o tipo de amor que constrói, que guia. Não há culpa em um sermos o pilar um do outro. Pelo contrário, há muita virtude nisso.

Então deu alguns passos em direção a Alejandro, com o semblante que misturava severidade e uma ponta de ternura. O velho parecia abandonar, por um momento, a postura dura que sempre mantinha. Com delicadeza, ergueu a mão e tocou o rosto de Alejandro, a ponta dos dedos pousando logo abaixo de um hematoma que marcava a pele do jovem.

Alejandro sentiu um calor subir ao rosto, uma onda de emoções que nunca esperava. Uma lágrima solitária escorreu pelo canto de seu olho, e ele não tentou escondê-la.

Ricardo desceu os dedos pela bochecha de Alejandro, em um gesto de conforto silencioso.

— Que tal *você* vestir a máscara do El Zorro hoje? — sugeriu, com um sorriso sombrio que revelava suas intenções.

Alejandro, inseguro, mas ansioso para honrar aquele que considerava uma figura lendária, visualizou Ricardo retirar a máscara e a sunga de El Zorro do bolso, e esticar para ele. As peças, apesar do tempo, pareciam pulsar com uma energia própria, um símbolo de tudo o que Ricardo representava.

Ricardo observou o jovem com intensidade enquanto apagava o cigarro no banco.

— Não tenha pressa — disse ele, a voz rouca e carregada de algo que Alejandro não soube definir completamente, talvez um tipo de encorajamento.

Alejandro respirou fundo. Começou a tirar a roupa de treino, preparado para encarar a provocação que aquele momento representava. Fazia tanto tempo que acontecia que não tinha como dizer quando começou direito.

Enquanto isso, El Zorro se levantava e se despia do seu terno igualmente. Depois de terminar, falou para Alejandro:

— Agora vamos para o ringue. Me mostre a sua melhor luta, filho.

29.

A noite do Dia dos Mortos na Malecón Boardwalk estava vibrante. As luzes artificiais refletiam nas fachadas coloridas das casas e as ruas de Puerto Vallarta estavam lotadas de pessoas. O som de tambores ecoava pelas esquinas, misturando-se aos murmúrios da multidão e ao aroma irresistível das comidas típicas sendo vendidas por ambulantes.

Daniel e Nilla caminhavam lado a lado, de mãos dadas. Nilla às vezes olhava para ele com uma expressão séria, os olhos escuros faiscando sob a maquiagem elaborada que a transformava em uma

"Catrina" — com um corselet delicado e uma saia longa, ornamentada com flores vermelhas e negras. O único contraste era a sua câmera profissional, pendurada no pescoço.

Daniel achava que ela estava deslumbrante, mas o brilho no rosto dela continuava sendo de desconfiança pelos últimos dias.

— Daniel — ela começou, interrompendo o barulho ao redor deles —, o que você anda aprontando? Você está investigando algo, não está?

Daniel, vestido com seu sombrero sombrio decorado com caveiras e suspensórios cravejados de rosas, tentou manter o sorriso, embora soubesse que ela estava começando a se cansar das suas evasivas.

— Eu já te disse, Nilla. A conversa com o velho foi tranquila. Ele só queria falar um pouco sobre a luta do Miguel, nada demais.

— Eu sei. E você se limitou a dizer que não descobriu se o final daquela luta foi mesmo previsto ou não.

— Que desconfiança a sua! Há algo mais a explicar?

Nilla cruzou os braços, insatisfeita, mas parecia não ter forças para pressioná-lo mais. Ela soltou um suspiro, ainda olhando-o como se tentasse decifrá-lo. Daniel aproveitou a pausa para observar o rosto dela.

— Você está maravilhosa com essa fantasia. Será que você pode usá-la quando voltarmos ao resort?

A mudança em seu tom a pegou desprevenida, e um sorriso relutante surgiu em seus lábios. Por um momento, ela esqueceu a tensão e revirou os olhos, como se fosse um pedido divertido.

— Ah, é mesmo? Posso pensar nisso. — Ela fingiu desdém, mas o gelo entre eles parecia estar quebrado.

Eles continuaram caminhando, agora lado a lado e mais relaxados, enquanto a celebração do Dia dos Mortos ao redor deles crescia em intensidade. A passeata na rua principal da cidade era uma visão de tirar o fôlego. Os moradores e turistas estavam igualmente animados, vestidos com fantasias elaboradas, muitos com rostos pintados como caveiras, os traços de maquiagem detalhados e precisos. Havia cores por toda parte: tecidos vibrantes, coroas de flores de papel, fitas e máscaras adornavam tanto crianças quanto adultos.

Em meio à multidão, eles viam famílias carregando velas e fotos de entes queridos, parando em altares montados ao longo da rua. Cada altar estava decorado com flores de cempasúchil — flores laranjas intensas, semelhantes a calêndulas, que representavam o caminho para os espíritos. Velas tremeluziam e papéis picados de cores vivas balançavam ao vento, criando uma atmosfera mágica e reverente.

As barracas de comida exalavam cheiros irresistíveis. Havia tamales, tacos, churros e pan de muerto — o pão doce tradicional, com sabor de laranja e açúcar, moldado para lembrar ossos. Daniel pegou um para eles dividirem, e Nilla aceitou, sorrindo levemente enquanto arrancava um pedaço do pão e levava à boca.

— Está delicioso — ela murmurou, observando ao redor, absorvendo a atmosfera festiva.

Músicos de mariachi surgiam ocasionalmente, seus instrumentos ecoando pelas ruas enquanto pessoas dançavam ao som animado das canções tradicionais. Uma criança com o rosto pintado se aproximou de Daniel e o puxou pelo suspensório, dando risadinhas antes de sair correndo para o grupo de amigos, que também estavam fantasiados de esqueletos pequenos e adoráveis.

Daniel e Nilla se encontraram rindo juntos daquela cena, imediatamente se lembrando da gravidez. Ele colocou o braço ao redor dos ombros dela, puxando-a para mais perto.

— Viu só? Aqui é tudo celebração e alegria. Diferente do que a gente imagina quando pensa na morte.

Nilla assentiu, seu olhar se suavizando enquanto observava um grupo de mulheres dançando com suas saias rodadas, girando em círculos como uma roda de cores.

— Nunca imaginei que o Dia dos Mortos seria tão... bonito — ela admitiu. — É uma maneira tão poética de lembrar de quem já se foi.

Daniel a observou, notando o quanto ela estava encantada com tudo. Antes mesmo de saírem do resort, ele havia decidido não estragar aquele momento, nem revelar o que realmente estava acontecendo. Afinal, ele mesmo ainda não tinha respostas claras. Era estranho, mas ali, no meio daquela celebração à morte, Daniel sentia uma vitalidade pulsando em cada pessoa ao redor. Como se a própria vida fosse mais intensa quando se encarava o fim de frente, com respeito e alegria.

A multidão começou a se mover mais adiante, e Daniel e Nilla foram arrastados junto, a energia contagiante os envolvendo. Eles passaram por um palco improvisado, onde dançarinos com fantasias tradicionais executavam uma dança folclórica, os pés batendo ritmadamente no chão de madeira. Daniel sentiu o coração acelerar, como se cada batida estivesse em sincronia com o ritmo da música.

— Obrigada por me trazer aqui — Nilla disse, se virando para ele com um sorriso sincero. — Mesmo que esteja escondendo alguma coisa, eu estou feliz de estar aqui com você.

Daniel ficou em silêncio por um momento, absorvendo o que ela disse. Com certeza, ela se lembrava de tudo que haviam passado até chegar ali. E ele sabia que tinha que ser honesto com ela em algum momento, mas também não queria quebrar o encanto daquela noite.

— Eu também estou feliz de estar aqui com você. Vamos aproveitar isso. Deixemos o amanhã para depois.

Ela sorriu e assentiu, aceitando a resposta dele por enquanto. Eles seguiram juntos, observando os detalhes ao redor. Em um certo ponto, Daniel parou ao lado de um altar montado por uma família local. Fotos de rostos sorridentes estavam entre velas e flores, ao lado de pequenas oferendas de comida e tequila. Havia uma paz naquela imagem, uma celebração da memória, e ele sentiu algo dentro de si se aquecer.

Nilla olhava para Daniel de um jeito que ele jamais esqueceria. Eles eram duas almas em uma festa para os mortos, mas, por um instante, estavam mais vivos do que nunca.

Ou melhor, três almas.

30.

O homem se misturava à multidão como uma sombra escura, sua presença envolta em um traje que parecia emergir de algum pesadelo. Sua fantasia para o *Día de Muertos* era diferente de qualquer outra que havia experimentado antes. Vestia um longo casaco negro, com ombreiras afiadas como lanças que lhe conferiam uma aparência ameaçadora. A textura do tecido, de um cinza sombrio com manchas escuras, lembrava uma pele apodrecida. Ainda bem que era noite, e o calor dentro da roupa estava suportável.

No rosto, uma máscara sem expressão e sem traços humanos — apenas dois buracos fundos no lugar dos olhos e uma boca costurada, como se aquela imagem fosse incapaz de gritar. A máscara parecia viva, com fios de seda negra que se estendiam pelo pescoço e pela parte superior do peito, envolvendo-o como teias de uma aranha macabra. Ao passar, a maioria das pessoas o olhava, fascinada com a riqueza de detalhes. Alguns chegavam próximo para tirar selfies, mas ele os afastava sem pudor.

Segui-los foi mais fácil do que ele imaginava. Assim que soube onde Daniel estava hospedado, precisou apenas esperar o momento certo. Do resort Sol y Mar até a rua principal de Puerto Vallarta, onde os festejos aconteciam, bastou começar a deslizar pela multidão como uma sombra sem rosto. De certo modo, ele se divertia com a facilidade daquilo — Daniel estava tão distraído, tão absorto na festa, que nem poderia imaginar que estavam sendo seguidos.

Desde que saíram do resort, o homem observava a mulher ao seu lado, estudava-a com interesse. *O ponto frágil do repórter*, pensou, o sorriso escondido sob a máscara. Haveria um prazer ainda mais intenso no plano que configurara com El Zorro, no dia anterior, na igreja.

Eles avançaram pela rua principal, onde a passeata tomava a cidade em uma explosão de cores e sons. Era fácil perder alguém de vista em meio a tantas pessoas, mas seus olhos, ocultos nas sombras da máscara, não deixavam Daniel e a mulher se afastarem mais do que alguns metros. Às vezes, quando a multidão ficava mais densa, ele parava, esperava um momento e voltava a segui-los, com calma e precisão.

No entanto, por um segundo, seu foco vacilou. Uma criança começou a chorar, agarrada às pernas do pai, assustada pela estranheza do traje. Ele desviou o olhar para baixo, encarando-a. O riso quis subir até a garganta, mas o reprimiu.

Quando voltou os olhos para a frente, percebeu que quase havia perdido Daniel e sua companheira de vista. Eles estavam sendo arrastados pela multidão em direção a uma parte mais agitada da passeata, onde um grupo de músicos tocava tambores e trompetes, cercado de dançarinos e espectadores. O homem apertou o passo, empurrando-se por entre as pessoas sem cerimônia, atraindo olhares de reprovação que ele ignorava completamente. Só havia uma coisa que realmente importava: manter os dois em seu campo de visão.

Finalmente, avistou-os com firmeza outra vez. Eles estavam próximos ao palco improvisado, onde os dançarinos rodopiavam em suas saias coloridas, e o som da música era ensurdecedor. Mas nada disso desviou sua atenção. Ele mantinha o foco, aguardando o momento certo, sem pressa.

A cidade vibrava ao redor dele, uma onda de euforia e celebração, mas ele era uma presença silenciosa e mortal no meio da festa. Em algum momento, ele agiria. E quando o fizesse, o repórter não teria ideia do que estava por vir. Ou do que faria, depois.

Seus passos ficaram mais arrastados, quase imperceptíveis, enquanto ele se aproximava, buscando o ângulo perfeito para continuar sua perseguição. A máscara oculta no manto escuro o tornava invisível para aqueles que o observavam de perto, mas, para ele, o mundo ao redor era cristalino. Ele estava ali, tão perto de Daniel e Nilla que podia ver os pequenos gestos que trocavam, tão naturais e inocentes, ignorando o perigo que se aproximava.

Ele sorriu, um sorriso frio e calculado, enquanto uma última euforia escura se formava em sua mente.

31.

A celebração do Dia dos Mortos em Puerto Vallarta continuava mostrando toda a sua vibração através de uma explosão de cores, sons e misticismo. Daniel e Nilla caminhavam pela Malecón Boardwalk, onde a multidão dançava ao som dos tambores e trompetes, cercada por altares e oferendas. As pessoas ao redor vestiam fantasias, rostos pintados como caveiras e roupas tradicionais que honravam os mortos. Daniel, embora encantado pela atmosfera, mantinha um olho atento em Nilla, que parecia tão deslumbrada quanto ele.

Nilla segurava sua máquina fotográfica, registrando tudo com entusiasmo — as luzes tremeluzentes das velas, as caveiras coloridas, as dançarinas de saias rodadas que giravam pelo palco improvisado. Era tanta informação junta que Daniel achava difícil escolher algo em que focar.

Nilla, com um brilho no olhar, entregou a máquina a Daniel.

— Quero uma foto minha lá — disse apontando para uma escadaria de pedra que ficava entre duas casas, e que subia até uma pequena plataforma mais elevada, onde havia um altar decorado com flores de cempasúchil, velas e retratos de pessoas falecidas. De onde viam, o terreno estava parcialmente coberto por tecidos coloridos pendurados e sombras das árvores ao redor, um espaço meio obscuro e misterioso, onde a luz das velas criava sombras que dançavam.

Daniel franziu o cenho, observando o local.

— Tem certeza? Tenha cuidado com essa escadaria.

Nilla riu, despreocupada, e se inclinou para beijá-lo.

— Relaxe, eu só vou até lá e volto. Aquele lugar é maravilhoso. Quero ver como fica a foto com a luz das velas.

Ele assentiu.

Nilla levantou a saia com as mãos e começou a subir os degraus de pedra entre as várias pessoas. Então, acenou para ele no meio do caminho. Daniel a observou, os passos leves e a postura graciosa enquanto se afastava. Ele ajustou a câmera no rosto, observando Nilla através da lente.

Ela desapareceu por um instante, por trás dos tecidos coloridos, até reaparecer na plataforma, se posicionando entre as velas e as flores, as sombras das árvores ao redor criando um cenário quase mágico. Nilla estava radiante, os olhos brilhando sob a luz suave das velas e um sorriso que iluminava o rosto pintado de Catrina. Daniel pensou consigo mesmo como ela estava linda — talvez até mais do que antes. Quem sabe, ele refletiu, a gravidez a tornara ainda mais deslumbrante, com um certo brilho que ele jamais havia notado.

Nilla fez uma pose graciosa, levantando uma das mãos e apoiando a outra na cintura. Daniel sorriu e ajustou o enquadramento, apertando o botão e capturando o momento. Ela mudava de posição, ora inclinando a cabeça, ora erguendo o rosto em direção ao céu, como se absorvesse toda a energia da noite, e Daniel clicava cada pose dela mais de uma vez.

Ele continuou fotografando, cada imagem parecendo mais bonita que a anterior. Os contrastes entre luz e sombra, entre vida e morte, estavam perfeitamente alinhados. Em um momento, ela colocou uma das mãos no ventre, onde crescia o bebê deles, e o sorriso em seu rosto se alargou. Daniel se pegou com um sorriso também, com um calor no peito que o fazia esquecer por um instante tudo que o rodeava, tudo que o perturbava.

Está perfeita, meu amor, enquanto tirava mais uma foto.

Depois de várias tomadas, ele levantou a mão, acenando para que ela descesse. Ela devolveu o aceno, ainda sorrindo, e deu um passo para fora do altar, pronta para descer as escadas, desaparecendo novamente por trás dos tecidos coloridos.

Daniel deixou a câmera descansar em seu peito. Enquanto aguardava, observou ao redor, ainda impressionado com o brilho das luzes, o burburinho da multidão e a dança hipnotizante da música. Então se voltou para a escadaria, mas Nilla ainda não a descia.

Que demora. Talvez ela tivesse se afastado um pouco, explorando a área ao redor. Ele deu alguns passos para frente, tentando ter uma visão mais clara, mas alguém fantasiado de esqueleto passou bem na sua frente, interrompendo seu campo de visão.

— ¡Perdón! — exclamou a pessoa, acenando e rindo de maneira exagerada, claramente se divertindo.

Daniel disse que estava tudo bem, mas impaciente, decidiu subir as escadas até a plataforma. Sentia o cheiro forte das velas enquanto se aproximava do altar. Ao chegar lá em cima, passou por trás dos tecidos vibrantes. Olhou ao redor, esperando encontrar Nilla escondida atrás das cortinas coloridas ou talvez observando as fotos nos altares, mas ela não estava ali, tampouco no altar. Na verdade, o local já estava ocupado por outra mulher, que aparentemente tivera a mesma ideia que Nilla.

Daniel começou a sentir o odor do desconforto.

— Nilla? — chamou.

A inquietação aumentava. Não gostava da ideia de deixá-la sozinha ali por tanto tempo.

— Nilla?! — chamou de novo, desta vez em voz alta.

Nenhuma resposta.

Ele começou a procurar em volta, examinando o espaço escuro. Checou atrás do altar, entre as árvores ao redor, mas ela simplesmente não estava ali.

O coração começou a bater mais rápido. Daniel desceu rapidamente os degraus, olhando para todos os lados, tentando encontrar algum sinal dela no meio da multidão. Quando chegou ao pé da escada, ele se virou para todos os lados, seus olhos passando de rosto em rosto, na esperança de avistar a figura familiar de sua "Catrina" entre os espectadores. Mas tudo que ele via eram pessoas que seguiam festejando, rindo, dançando, sem perceber sua angústia. E máscaras. Agora, máscaras assustadoras.

Pegou o celular no bolso e discou o número de Nilla. Levou o aparelho ao ouvido, esperando ouvir o toque familiar e talvez o som da voz dela, mas tudo que recebeu foi o silêncio e, em seguida, a mensagem automática informando que o celular estava desligado. Imediatamente, ele jogou seu sombrero no chão.

O medo começou a se instalar em seu peito como um bloco gelado. Respirou fundo, tentando manter a calma. Começou a se mover pela multidão, se indagando se ela poderia ter descido enquanto ele estava distraído, talvez explorando outras partes da festa. Perguntava-se se talvez ela tivesse sido levada pela empolgação do momento e apenas se afastado para ver mais da festa. Mas sem ele?

Daniel caminhou em direção à multidão, os olhos atentos a cada rosto, cada figura vestida para a celebração.

Conforme a ansiedade crescia, ele sentia o suor aumentar na região em que estava pendurada a máquina no pescoço e o peso da dúvida em sua mente. Algo estava errado. Nilla jamais se afastaria tanto sem ao menos avisar. Olhou em volta mais uma vez, mas a atmosfera festiva parecia zombar de sua aflição, ignorando seu desespero.

Tentou pensar racionalmente, revisitando mentalmente os passos de Nilla até o altar e em que momento deixou de vê-la: depois de disparar as fotos, quando ela saiu de seu campo de visão, por trás dos tecidos pendurados. Apertou o celular nas mãos e, mais uma vez, discou o número dela, torcendo para que, dessa vez, ela atendesse, para que dissesse que estava bem. Mas o celular continuava fora de serviço. Ele entrou em um aplicativo de rastreamento de celulares, a fim de descobrir onde ela estava, mas a ação também se mostrou infrutífera. Não havia nenhum sinal vindo do celular dela. Desligado.

A inquietação se transformou em uma sensação de pânico. Ele não sabia a quem recorrer. Os rostos desconhecidos ao redor, todos envolvidos na alegria e nas homenagens, pareciam distantes, indiferentes ao que ele estava passando. Caminhou de volta para o local onde eles estavam inicialmente, esperando que, talvez, ela tivesse retornado para procurá-lo. Mas tudo que encontrou foi sua ausência, o som das risadas distantes e o eco de seus próprios pensamentos, atormentando-o com o pior dos cenários.

Daniel esfregou o rosto, tentando clarear os pensamentos, mas a lembrança de situações passadas, de momentos de perda e desespero, o deixava paralisado. Não sabia se devia continuar procurando sozinho ou pedir ajuda.

Ele murmurou para si mesmo, quase como uma súplica:

— Por favor, Deus... de novo, não!

A festa seguia, indiferente à sua angústia, enquanto a sensação de que algo terrível havia acontecido se enraizava profundamente em seu peito.

***

O suor já escorria pela testa de Daniel enquanto ele caminhava pela avenida principal de Puerto Vallarta, com a câmera de Nilla pendurada em seu pescoço, batendo próximo ao coração acelerado. Não sabia há quanto tempo estava andando. Tudo ao redor, antes tão vibrante e cheio de vida, parecia agora um borrão disforme, feito de luzes coloridas e sons indistinguíveis. O clima festivo, as fantasias e máscaras, os turistas e moradores, tudo se tornava insuportável. O encanto havia minguado. Ele não conseguia pensar em outra coisa que não fosse Nilla.

Onde ela está?

A avenida continuava lotada de pessoas vestidas em trajes típicos, com máscaras e adereços coloridos, celebrando a festa local. Mas Daniel sentia como se cada uma daquelas máscaras sorridentes zombasse dele, se tornando uma lembrança perversa de que ele não conseguia encontrar sua mulher. Ele parava em cada esquina, olhava cada ponto turístico e enfeitado da cidade, mas Nilla não estava em lugar algum.

Sentindo a angústia crescer, tirou o telefone do bolso e discou para o resort, esperando que, por algum milagre, ela tivesse voltado para lá.

O telefone tocou, e uma voz profissional e educada atendeu do outro lado. Daniel se esforçou para manter a calma enquanto fazia a pergunta que vinha martelando sua mente, se Nilla havia retornado para o quarto. Porém, recebeu a negativa, e isso só fez crescer o desespero como um nó apertado no peito.

Olhou ao redor, sentindo-se perdido. Havia turistas por todos os lados, tirando selfies, sorrindo, vivendo uma experiência que ele não conseguia mais apreciar. A sensação de impotência era esmagadora. Ele precisava de respostas. De ajuda. Mas não havia ninguém com quem pudesse contar naquela cidade. Pelo menos, ninguém de "carne e osso".

Com mãos trêmulas, abriu o aplicativo Aeternus em seu telefone e fez uma videochamada, esperando que a Inteligência Artificial o atendesse.

Mas a tela continuou preta. A chamada não se completava. Tentou mais uma vez, mas novamente, nada. Mesmo que houvesse sinal, o silêncio do outro lado era ensurdecedor, e o rosto de Daniel foi tomado por um misto de surpresa e pânico. Algo estava errado. Teria sido bloqueado?

Não faz sentido!, pensou, os pensamentos turvos. Miguel, a IA, havia dito que ele tinha até aquele dia para descobrir o assassino. Havia um prazo. Só então a IA se desligaria definitivamente. Então, por que não atendia agora?

Seu coração acelerou ainda mais, como se algo terrível estivesse à espreita. Ele não queria pensar na possibilidade, mas as palavras ameaçadoras de El Zorro voltaram à sua mente, o tom de chantagem ainda ecoando em seus ouvidos.

Podia ser que Ricardo Sarmiento estivesse envolvido de alguma forma? Só que ele era um homem velho agora, com certeza sem a força de outrora. Nilla chegava a ser mais alta do que ele. Então, como ele poderia ter capturado ela? A não ser que tivesse conseguido ajuda.

Uma onda de paranoia vagou pela mente de Daniel. Então ele percebeu que havia parado em um lugar conhecido deles. Ao erguer os olhos, se deparou com a fachada da loja Sueños de Los Muertos. As luzes do interior iluminavam a calçada de forma suave, quase hipnotizante. Estava aberta, obviamente, para aproveitar o movimento da cidade.

Ele parou por um momento, indeciso. Lembrava-se de sua visita no dia anterior, da conversa nada amistosa que tivera com o jovem Javier Ortiz, e das sensações estranhas que aquele lugar lhe causara. No entanto, a angústia e o medo por perder Nilla superavam qualquer relutância naquele instante. Então respirou fundo, fechou as mãos em punhos e tomou sua decisão.

32.

Daniel entrou na loja Sueños de Los Muertos. O ambiente, desta vez, parecia mais sombrio, mas pensou que era apenas um reflexo da ansiedade que o dominava, ou talvez pelo peso de seu medo crescente. Assim que cruzou a porta, seus olhos se fixaram em Elsa Ortiz, que estava atendendo dois casais de turistas. Eles pareciam encantados com os itens exóticos da loja, comentando sobre as caveiras e os colares de pedras. Mas Daniel mal notou os detalhes. Ele precisava falar com ela, e tinha que ser agora.

Elsa ergueu os olhos e o viu. Seu olhar mudou, reconhecendo-o de imediato.

— Ah, *señor*! — Elsa cumprimentou com um sorriso cortês, mas logo seu semblante mudou ao notar o sangue escorrendo do nariz de Daniel. — Seu nariz está sangrando...

Daniel passou a mão pelo rosto, percebendo o sangue, e se lembrou- de seu problema de Epistaxe, que costumava se manifestar sempre que ele estava muito estressado. Elsa pegou uma caixa de lenços umedecidos atrás do balcão e entregou para ele. Só então, com um pouco mais de calma, ela perguntou:

— Vejo que voltou, mas... onde está o seu sombrero? E a moça bonita de corselet?

Daniel tentou esboçar algo enquanto limpava o rosto, mas sua expressão entregava sua urgência. Ele tirou a máquina fotográfica do pescoço e a colocou em cima do balcão. Depois respirou fundo, sem conseguir esconder a agitação em sua voz.

— Elsa, é muito urgente.

Ela franziu o cenho ao ver o nervosismo em seu rosto e acenou com a cabeça, compreendendo que algo sério acontecia.

— Me dê só um minuto.

— Onde está aquele rapaz? — Daniel quis saber.

— Para ser honesta, a ideia era não abrir a loja neste horário. Javier saiu mais cedo para encontrar amigos, festejar o *Día de Muertos*, e decidi abrir sozinha depois que ele foi. Não quis que ele ficasse trabalhando hoje, não em um dia de festa.

Ela retornou sua atenção para os turistas. Com um sorriso profissional e tranquilo, pediu desculpas pela demora e ajudou-os a escolher alguns itens decorativos, explicando a história e o simbolismo por trás de cada um. Enquanto isso, Daniel esperava, sentindo a gravidade da situação em cada segundo que passava. Ele jogou os lenços sujos de sangue em uma lixeira próxima, se aproximou do bebedouro ao fundo da loja, tomou um copo de água e tentou, em vão, se acalmar.

Finalmente, os turistas se despediram, felizes com suas compras. Elsa os acompanhou até a porta, fechando-a após eles saírem. O som da sineta eletrônica ecoou no ambiente silencioso. Ele virou a plaquinha para *"CERRADO"* e se voltou para Daniel, a expressão agora séria.

— Pronto, *señor*. Agora, me diga... o que está acontecendo?

Daniel passou a mão pelos cabelos, ainda tentando organizar os pensamentos.

— Elsa... eu... — Ele respirou fundo. — Eu estou procurando minha mulher. Ela desapareceu.

Elsa arqueou as sobrancelhas, surpresa.

— Como assim, desapareceu?

— Eu acho que alguém a levou.

— O quê? Isso é muito grave.

Ele hesitou, evitando o olhar dela por um instante.

— Por isso estou aqui. Preciso de ajuda. Não há mais ninguém.

Ela estreitou os olhos, avaliando sua expressão confusa e desesperada.

— A moça era bem esperta. E parecia ser forte, apesar de estar grávida.

Daniel gelou ao ouvir a última palavra. Elsa continuou:

— Você não procurou a polícia?

Daniel abriu a boca, mas as palavras não saíam de imediato. Sabia que precisava ser honesto se quisesse ajuda. Por fim, deixou escapar:

— Eu... sei que você trabalhou para os González. E que seu filho, Javier, cresceu junto de Alejandro.

As palavras pareciam suspensas no ar, e o rosto de Elsa se contraiu, claramente incomodado com a direção que a conversa estava tomando. Ela deu um passo para trás, como se precisasse de distância para processar o que ele acabara de dizer.

— Você é o repórter, então? — a pergunta foi feita em um tom quase acusatório.

Daniel piscou, atordoado pela reação dela.

— Como você sabe que sou repórter?

Elsa o observou por um momento, antes de balançar a cabeça, como se estivesse juntando as peças. Maria González estivera ali, provavelmente falando sobre alguém que incomodara o seu filho. E Daniel já achava que a mãe de Alejandro era conhecedora de muitos mais fatos que aquele.

Elsa deu um suspiro profundo, mudando sua expressão para algo mais severo.

— Nunca imaginei que fosse o *señor*. Acho que é melhor ir embora. Como eu disse, procure a polícia. Não quero me envolver nisso.

Daniel a fitou, confuso e frustrado.

— Eu não entendo, Elsa. Você trabalhou muitos anos para Miguel e Maria. E Miguel foi assassinado. Eu sei disso.

Ao escutar aquilo, Elsa ficou boquiaberta, a expressão de choque evidente. Ela olhou para ele como se tentasse decifrar a loucura que ele dizia.

— O que está dizendo, *señor*?!

— Não estou louco.

— Isso... entendo que esteja descontrolado, mas... a família González não tem nada a ver com o que você está passando agora. Nem eu, nem Javier. — A voz dela estava trêmula, mas o tom era firme.

Daniel suspirou, exausto. Passou as mãos pelo rosto e balançou a cabeça.

— Nada disso importa mais, Elsa! Eu só quero Nilla de volta. Se você sabe de alguma coisa, por favor, me ajude.

Ela permaneceu em silêncio, avaliando-o por um longo instante. Depois a expressão dela parecia mudar, suavizando-se ligeiramente. Talvez reconhecesse que o desespero dele era real. Ela hesitou, mas por fim, perguntou:

— Por que sua *mujer* desapareceria assim? Não é por sua culpa?

A pergunta caiu como uma bomba entre eles. *Sim, um pouco por minha causa,* Daniel refletiu amargurado e arrependido. Depois ele oscilou, mas decidiu não esconder mais nada.

— Eu... recebi uma ameaça de El Zorro. O padre Ricardo Sarmiento. Ele... ele disse que se eu não parasse de investigar, haveria consequências com minha esposa.

Ao ouvir o nome de Ricardo, os olhos de Elsa se arregalaram e ela assumiu uma expressão incrédula.

— Onde você está hospedado?

— No resort Mar y Sol.

Elsa mordeu o lábio, pensativa, e então colocou a mão sobre o ombro dele com firmeza.

— Escute, *señor*... Eu gostei muito daquela pobre moça e quero ajudá-los, mas você precisa fazer exatamente o que eu disser.

— Obrigado!

— Volte para o resort e não saia de lá. Entendeu?

Daniel piscou, confuso com a urgência no tom dela.

— Eu não posso fazer isso!

Ela respirou fundo, como se tentando conter a própria frustração.

— *Señor* Sachs, você me pediu ajuda. Se quer que eu faça alguma coisa, precisa confiar em mim. Volte para o resort e fique lá. Eu farei o que for possível.

— Eu... tenho dinheiro... não é muito, mas...

Ela abanou as mãos na frente de Daniel.

— Não se trata disso, *señor*. Eu só quero que fique em segurança. Por favor.

O olhar de Daniel era uma mistura de ceticismo e desespero, mas no fundo ele sabia que não tinha muitas opções. Elsa parecia saber mais do que estava disposta a admitir, e ele não conseguia sequer raciocinar logicamente, pior ainda seria tirar informações dela.

Ele assentiu, relutante.

— Tudo bem.

Ela o observou, o olhar cúmplice, como se entendesse o peso da escolha que ele estava fazendo. Sem mais palavras, Daniel se virou e deixou a loja.

33.

Daniel continuava parado do outro lado da Malecón Boardwalk, com os olhos fixos na loja Sueños de Los Muertos. A agonia o dominava, e a promessa que fizera a Elsa de retornar ao resort fora esquecida assim que cruzara a porta para fora da loja. Sentia que cada minuto poderia ser crucial para descobrir algo. Estava cansado, mas sabia que deixar aquele lugar sem respostas poderia significar perder uma oportunidade valiosa.

As pessoas passavam ao seu redor, seus risos, conversas e trajes coloridos criando uma atmosfera quase onírica. A avenida continuava viva: luzes, flores, vendedores ambulantes, dançarinos e músicos faziam as ruas fervilhar com a energia da celebração. Para qualquer outra pessoa, um espetáculo; para Daniel, porém, aquela avenida era apenas um cenário caótico que dificultava ainda mais sua vigília.

Depois de meia hora em pé, a exaustão começou a pesar em suas pernas. Ele trocava o peso de um pé para o outro, impaciente. Durante esse tempo, tirou o celular do bolso algumas vezes. Tentou, mais uma vez, ligar para Nilla, mas o telefone dela continuava mudo, sem sinal, como se tivesse desaparecido junto com ela. Depois, tentou novamente abrir o aplicativo Aeternus e fazer uma nova videochamada para Miguel, mas a tela permaneceu escura, sem conexão.

A sensação de isolamento e frustração o dominava.

— Merda! — murmurou, apertando os punhos.

Olhou ao redor, perguntando-se se não havia se precipitado ao seguir seu instinto em vez de continuar procurando por Nilla naquela festa. Mas, decidido, cruzou os braços e permaneceu aguardando.

Quase uma hora se passara quando Daniel finalmente avistou uma figura familiar surgindo na rua. Javier Ortiz vinha em direção à loja, com passos irregulares. Daniel franziu o cenho, observando enquanto ele se aproximava da porta. Encontrando-a fechada, Javier bateu três vezes no vidro. Foi então que Daniel notou a bota ortopédica com um salto grande na perna esquerda. Talvez fosse um problema congênito — uma perna mais curta que a outra.

O som das batidas parecia se perder em meio à confusão de ruídos da rua, mas Elsa logo apareceu do lado de dentro, destrancando a porta para o filho entrar. Em seguida, trancou-a novamente.

Daniel atravessou a rua e se aproximou da entrada, tentando ouvir o que se passava lá dentro, mas o barulho das pessoas, dos tambores e dos músicos era ensurdecedor; ele mal conseguia escutar o próprio pensamento. Ainda assim, permaneceu ali, atento, procurando uma brecha, um sinal — qualquer coisa que lhe desse uma pista.

Foi então que a sineta eletrônica da porta soou outra vez.

Daniel rapidamente se escondeu entre um grupo de turistas, fingindo observar uma das barracas de artesanato próximas. Espiou discretamente e viu Elsa saindo da loja, o semblante fechado e os passos apressados. Ela olhou ao redor, e ele prendeu a respiração, rezando para que não o notasse.

Assim que Elsa seguiu para a esquerda, Daniel aproveitou a movimentação dos turistas e deslizou na mesma direção. Seguiu-a com cautela, mantendo uma distância segura.

Depois de alguns minutos de caminhada tensa, Elsa virou a esquina e entrou em uma rua lateral, onde o som da festa era menos intenso. Ali, estacionado junto ao meio-fio, havia um carro antigo, com a pintura desgastada e o para-choque um pouco amassado. Para sua surpresa, Elsa caminhou diretamente até ele, destrancou a porta do motorista e entrou.

Num instinto, Daniel levou a mão ao pescoço, buscando a máquina fotográfica de Nilla para registrar a placa. Só então se lembrou de que fazia tempo que não estava com ela — havia esquecido dentro da loja.

De repente, sentiu-se ainda mais de mãos atadas, preso dentro de uma caixa. Esperava que Elsa fosse para algum lugar a pé, mas o fato de ela estar de carro complicava as coisas. Olhou ao redor, tentando pensar em uma solução para segui-la. A rua estava menos movimentada, e encontrar um táxi ali seria difícil, sem contar que a avenida principal estava bloqueada para veículos. Pensou em chamar um Uber, mas sabia que levaria minutos preciosos — tempo suficiente para perdê-la de vista.

Enquanto ponderava o que fazer, o motor roncou, e o carro arrancou pela rua estreita.

Daniel sentiu um nó no estômago. Permaneceu parado, observando o veículo desaparecer na esquina seguinte, sem saber ao certo como agir a partir dali.

Incapaz de conter a frustração, chutou uma pedra no chão, vendo-a rolar até parar na sarjeta.

E, nesse chute, teve uma nova ideia.

***

Daniel agiu por impulso, colocando o pé na porta antes que Javier pudesse fechá-la por completo. Seu coração batia forte, o desespero dominando cada célula do seu corpo. Sabia que aquela era uma jogada arriscada, mas não havia alternativa. Se existia alguma chance de conseguir apoio de Javier Ortiz, ela viria apenas contando parte da verdade. Pelo menos o suficiente para ganhar sua confiança.

Javier o encarou, franzindo a testa em confusão.

— O que você está fazendo? — perguntou, em um tom que variava entre surpresa e irritação.

— Desculpa, mas... esqueci minha máquina fotográfica aí dentro — disse Daniel, improvisando no calor do momento, tentando soar convincente. — Estive aqui antes, fui atendido por sua mãe, Elsa...

Por um instante, Javier olhou para ele com desconfiança, mas logo lançou um olhar para o interior da loja, como se verificasse se havia algo ali. Para o alívio de Daniel, o rapaz pareceu enxergar o objeto esquecido no balcão.

— Certo... espere aqui, vou pegá-la — disse ele.

— Tem mais uma coisa — Daniel falou.

— O quê?

— Eu preciso muito conversar com você, Javier. Estou desesperado. Por favor.

Javier observou Daniel por tempo demais. Certamente, devia ter notado seus olhos úmidos de desespero. Aquilo causou algum efeito no rapaz, que, afinal, não era tão intransigente.

Ele abriu a porta com certa relutância.

Daniel agradeceu e entrou na loja. Respirou fundo antes de se virar para Javier, seu olhar carregado de urgência.

— Estive aqui mais cedo pedindo ajuda para sua mãe. Minha esposa, Nilla, desapareceu — começou, observando cuidadosamente a reação do jovem.

Javier franziu ainda mais o cenho.

— Acabei de chegar. Minha mãe não falou nada sobre isso — respondeu, claramente desconfortável com a revelação.

— Eu a vi sair da loja logo depois — replicou Daniel, jogando as palavras como quem tenta montar um quebra-cabeça com peças soltas.

— Minha mãe foi aproveitar o resto da noite, se encontrar com amigas na celebração do Día de Muertos.

— Não. Eu acredito que ela foi para outro lugar, porque saiu de carro. Talvez não quisesse contar para você.

Javier hesitou, processando a informação. Ele parecia confuso, mas também intrigado, como se começasse a perceber que havia algo de errado naquela história.

— E por que você acha que minha mãe poderia ajudar no desaparecimento da sua esposa? — perguntou, mais curioso do que defensivo.

Daniel respirou fundo. Aquela era a parte mais delicada. Se contasse demais, corria o risco de afastar o garoto; se contasse pouco, poderia não conseguir seu apoio.

— Sou repórter e venho investigando algo que aconteceu com a família González há mais de catorze anos. — Fez uma pausa, sentindo o peso das próprias palavras. — E agora, estou pagando um preço alto por isso.

— Investigando?

— Sim. Quando você era pequeno, morava na casa deles, não é?

A menção à família González fez Javier retrair os ombros ligeiramente, como se aquelas lembranças tivessem sido subitamente expostas a uma luz incômoda.

— O que exatamente você quer dizer? — ele indagou, cruzando os braços, assumindo uma postura defensiva.

Daniel hesitou por um instante, mas sabia que não tinha escolha. Precisava ser direto.

— Acredito que Miguel González foi assassinado há catorze anos — revelou, a voz carregada de tensão.

O rosto de Javier se transformou. Ele pareceu abalado, seus olhos desviando, quase como se tentasse se recuperar de um choque elétrico.

— O *señor*... está delirando! — exclamou, tentando disfarçar sua reação.

— Louco? — Daniel rebateu, estudando cada nuance de sua expressão. — Fale a verdade. Aquela família é estranha! Nunca guardou nenhuma mágoa deles?

A pergunta atingiu Javier como uma pancada sutil, mas precisa. Ele ficou em silêncio, evitando o olhar de Daniel. Havia algo ali, uma tensão que ele claramente não sabia como expressar.

Daniel aproveitou sua hesitação:

— Se há algo que incomoda você... se sente qualquer coisa em relação ao que aquela família te fez passar... e especialmente o fato de Maria González ter vindo procurar sua mãe na loja há dois dias... então me ajude agora.

— Como sabe que ela veio aqui?

— Foi uma coincidência. Por isso voltei ontem com minha esposa. Lembra da nossa conversa? Eu estava tentando descobrir algo que me levasse ao próximo passo.

— Eu não quero...

— Não estou pedindo ajuda para minha investigação — Daniel o interrompeu, aflito. — Isso é sobre a Nilla. Ela está desaparecida. Acredito que foi raptada há poucas horas. Tudo saiu do controle. Por favor, me ajude!

As palavras pareceram penetrar a defesa de Javier, e sua expressão mudou. Agora havia uma faísca de entendimento, um vislumbre de solidariedade que Daniel não tinha visto até então. O garoto respirou fundo, claramente ponderando as opções.

— E... o que exatamente espera que eu faça? — Javier perguntou, após um momento de reflexão, em um tom mais suave e menos defensivo.

Daniel viu ali uma janela de oportunidade e precisava aproveitá-la antes que se fechasse.

— Há um lugar onde preciso entrar — disse ele, devagar, quase formulando o plano em tempo real. — Mas preciso da sua ajuda. Sem você, não vou conseguir.

Javier o encarou, os olhos carregados de uma mistura de receio e curiosidade.

— Onde exatamente você quer ir?

Daniel hesitou por um instante, mas sua determinação o impulsionou a contar sua ideia.

Javier respirou fundo, claramente indeciso. Não dizia nada, mas Daniel percebia que ele estava considerando a proposta. Era como se as memórias da época em que morava na casa dos González se reavivassem, cada detalhe trazendo uma pontada de desconforto.

Daniel insistiu:

— Sei que é pedir demais, mas essa é a única forma de descobrir o que está acontecendo.

Javier suspirou, passando a mão pelo rosto, esfregando a testa como se tentasse dissipar um pensamento incômodo. Então, seu semblante cauteloso começou a dar lugar a algo mais determinado.

— Eu ajudo você — disse, finalmente. — Mas... preciso saber de tudo. Se vamos fazer isso, quero saber exatamente com o que estou lidando.

Daniel assentiu.

E, assim, começou a contar a Javier tudo o que sabia.

34.

Daniel e Javier Ortiz desceram do Uber, observando a casa dos González diante deles. O motorista partiu assim que eles fecharam a porta do carro, deixando-os sozinhos na entrada. Daniel estava atento a cada detalhe — a porta de madeira, as árvores que lançavam sombras pelo gramado e a sensação opressiva que a casa transmitia, uma aura de poder e mistério que combinava perfeitamente com aquela família.

Ele se virou para Javier, com uma leve tensão no olhar.

— Alejandro pode estar na celebração do Dia dos Mortos?

— Depois do que aconteceu naquela luta? Eu duvido. E ele faz o máximo possível para se manter distante das pessoas.

— E você tem certeza que não prefere telefonar para ele antes? — sugeriu em um tom cauteloso. — Seria melhor do que aparecermos sem aviso.

Javier balançou a cabeça, determinado.

— Alejandro provavelmente inventaria uma desculpa para não nos ver se soubesse que estamos vindo. Nós não nos falamos há... muito tempo.

Daniel suspirou, aceitando o argumento. Não era exatamente o que queria ouvir, mas presumia que Javier estava certo. Alejandro não parecia ser o tipo de pessoa que abriria as portas de casa para o passado.

— Tudo bem, não importa — murmurou Daniel, mais para si do que para Javier. — Eu só quero saber quem está aqui.

Em seus pensamentos, uma esperança tola persistia: talvez, com sorte, Nilla também estivesse na casa. Não saberia dizer o motivo, mas não havia muitas suposições a fazer. O desaparecimento dela era uma ferida cada vez mais aberta, e cada segundo sem respostas só fazia a dor crescer.

— Não acredito em tudo que você contou — disse Javier, encarando Daniel com um olhar duro, quase desafiador. — Essa coisa de Inteligência Artificial, o aplicativo Aeternus... soa absurdo demais.

— Eu sei que tudo isso parece loucura — respondeu, tentando manter a calma. — Mas é a verdade. E, infelizmente, eu não tenho como provar, porque... — ele fez uma pausa, como se custasse admitir o que vinha a seguir — a IA parou de atender minhas videochamadas. Desligou.

— É inimaginável.

Daniel olhou para ele com intensidade, os olhos carregados de súplicas.

— Por que eu mentiria, Javier? — perguntou, deixando a voz sair mais baixa do que pretendia, quase um murmúrio. Ele passou a mão pelos cabelos, respirando fundo, tentando conter a urgência crescente.

Depois deu um passo à frente, tentando quebrar a barreira de ceticismo entre eles. — O que eu ganharia inventando uma história dessas? — Sua voz tremeu levemente, mas ele não desviou o olhar. — Eu e Nilla estávamos aqui a passeio. Essa coisa toda só aconteceu por causa disso.

O rapaz travou a mandíbula.

— Isso é... — começou Javier, mas as palavras se perdiam no ar, insuficientes para traduzir o que ele sentia.

— Eu já sei, é inimaginável. Talvez eu também pensasse assim, se estivesse no seu lugar. Não o culpo.

Daniel viu o conflito estampado no rosto de Javier e percebeu que, por mais que ele questionasse, uma parte de si já aceitava a história. Notou quando os dedos de Javier tremeram ligeiramente. Aquilo não era apenas relutância. Era a resistência de alguém que passara anos enterrando verdades incômodas e agora se via forçado a desenterrá-las.

Sem dizer mais nada, Javier tocou a campainha com insistência. Tereza, a empregada dos González, apareceu do outro lado. Ela tinha uma expressão de surpresa que se transformou em algo próximo ao pavor ao ver Daniel ao lado de Javier.

— O que...? — Tereza gaguejou, a voz hesitante.

Javier foi direto, sem dar margem para que ela se esquivasse:

— Precisamos falar com Alejandro. É urgente.

Tereza olhou nervosamente para Daniel, parecendo ainda mais desconfortável.

— Eu... eu recebi ordens para não deixar este *hombre* entrar na casa.

Javier suspirou, impaciente.

— Se é assim, então peça para o Alejandro vir aqui fora. É importante.

Ela hesitou, os olhos vagando entre Javier e Daniel, que permanecia em silêncio, mas observava cada movimento dela.

— Por favor — implorou Daniel, quase em um sussurro.

Algo no tom dele a fez estremecer. Finalmente, ela assentiu com um leve aceno de cabeça, dizendo algo sobre verificar se Alejandro aceitaria aquilo. Em seguida, sumiu de vista, fechando a porta com uma certa urgência.

Enquanto aguardavam, Javier se voltou para Daniel. Ele parecia dividido, uma tensão visível entre as sobrancelhas.

— Você acha que minha mãe está aqui?

Daniel olhou à volta.

— Não estou vendo o carro dela em lugar nenhum. Mas, sendo honesto, não podemos descartar nada.

O silêncio recaiu sobre eles mais uma vez, e Daniel tentou ignorar a ansiedade crescente que sentia. Passaram-se vários minutos até que a porta se abriu novamente. Alejandro apareceu, saindo da casa com uma expressão surpresa no rosto ao vê-los ali. Ele estava vestido de forma descontraída, com uma bermuda, chinelos Adidas e o torso nu, revelando a musculatura definida e o físico atlético que mantinha. Parecia sempre estar recém-saído de um treino, com os músculos pulando para fora. Não obstante, o inchaço em seu olho já havia melhorado.

Daniel não pôde deixar de comparar o contraste físico entre Alejandro e Javier. Embora os dois tivessem quase a mesma altura e idade, Alejandro era forte, com músculos bem definidos e postura confiante, enquanto Javier tinha um corpo minguado, marcado por uma leve curvatura na coluna e a perna esquerda que mancava ao andar. Era como se cada um carregasse uma marca diferente da vida, um precipício invisível que os separava.

Alejandro olhou para os dois, especialmente para Daniel, que ainda usava os suspensórios coloridos, mas não pareceu estranhar muito pela data em que estavam.

— Javier? O que está fazendo aqui? — perguntou, com quem há muito tempo não o via. — E você, repórter?

Daniel, com o rosto sério, não desviou o olhar.

— Eu me meti em encrenca, Alejandro — disse.

— Precisamos conversar — disse Javier, um pouco desconcertado.

O semblante de Alejandro se fechou ainda mais com aquela dupla surpresa. Ele ponderou por um momento, então deu um passo para o lado e fez um gesto com a mão.

— Entrem.

35.

Maria González estava ajoelhada diante do altar, o rosto parcialmente escondido pelo xale escuro que envolvia seus ombros. A luz das velas tremeluzia suavemente, projetando sombras que pareciam sussurrar segredos nas paredes antigas da igreja. O ar carregado ali dentro se misturava à umidade da noite, criando uma atmosfera quase sufocante. Mas Maria não se movia. Ali, de joelhos, sentia que poderia encontrar alguma paz, ainda que fugaz.

Seus dedos se fechavam ao redor de um terço de contas opacas, que há anos carregava consigo. Rezava mecanicamente, repetindo as palavras sem convicção, como se o peso de suas culpas fosse grande demais para permitir redenção. Por um instante, ergueu os olhos para a grande cruz acima do altar. A expressão do Cristo crucificado parecia mais julgadora do que misericordiosa naquela noite.

O som das portas de madeira sendo abertas ecoou pela igreja, arrancando Maria de suas preces mecânicas.

Ela se virou e viu Elsa Ortiz entrar apressada. A mulher estava envolta em um casaco antigo, os cabelos desalinhados caindo sobre os ombros, o rosto marcado pelo cansaço e pela apreensão. Elsa olhou ao redor rapidamente, como se esperasse encontrar algo ou alguém além de Maria, mas ela estava sozinha.

Maria se levantou lentamente, alisando o xale sobre os ombros, enquanto Elsa caminhava até ela com passos sincronizados. Quando finalmente parou diante dela, Elsa a encarou com olhos inquisitivos.

— Cheguei o mais rápido que pude, tive que esperar Javier — disse Elsa, ofegante. — Mas ainda não entendo por que me pediu para encontrá-la aqui.

Maria hesitou por um momento, os dedos segurando o terço como um amuleto de proteção. Seus olhos buscaram novamente a cruz sobre o altar antes de se voltarem para Elsa.

— Porque depois que você me mandou a mensagem dizendo que a mulher do repórter foi raptada, precisei descobrir o que aconteceu — respondeu ela, a voz baixa, quase um sussurro.

— Descobrir ou pedir proteção divina? — Elsa replicou. Depois balançou a cabeça, a impaciência evidente. — Espero que isso termine esta noite, porque, se não fosse pela culpa que sinto, eu não estaria aqui.

Maria manteve o olhar firme, mas não respondeu.

Elsa cruzou os braços.

— É claro que eu não acredito que você esteja aqui pelo mesmo motivo que eu — continuou, com um tom acusador. — Maria, você nunca foi capaz de ver meu filho como...

Maria levantou uma das mãos, interrompendo-a.

— Por favor, por favor... não termine esta frase — pediu, a voz tremendo levemente.

Elsa aceitou, mas não ignoraria o que mais precisava falar. E parecia conveniente devido ao lugar em que estavam.

— Nunca entendi sua fixação pelo padre. Sempre foi ele, não é? O Ricardo, El Zorro... você sempre o viu como algo mais do que é. Como se ele fosse algum tipo de salvador.

Maria abaixou os olhos, as palavras a atingindo como chicotadas.

— Eu sei o que fiz. E sabia que um dia tudo o que escondemos voltaria para cobrar o preço — murmurou.

Elsa riu amargamente.

— E pagaremos pela eternidade. Mas não me coloque na mesma categoria que você, Maria. Sim, eu cometi erros, mas nunca tratei Javier da mesma forma que você tratou Alejandro.

As palavras fizeram Maria vacilar. Ela se curvou ligeiramente, como se o peso de tudo fosse esmagá-la. Voltou-se para o altar, buscando consolo na imagem da cruz.

— Eu nunca consegui olhar para Alejandro como... — começou, mas sua voz falhou, incapaz de completar a frase. Até que se esforçou. — como Miguel.

O som da porta principal da igreja sendo aberta abruptamente fez as duas mulheres se virarem ao mesmo tempo.

Um homem entrou, sua figura alta e ameaçadora envolta em um longo casaco negro. As ombreiras afiadas projetavam sombras distorcidas nas paredes da igreja. O tecido de sua vestimenta, com manchas escuras que pareciam carne apodrecida, refletia a luz das velas de forma sinistra. Seu rosto estava oculto por uma máscara sem traços humanos, apenas dois buracos fundos onde deveriam estar os olhos e uma boca costurada que parecia zombar do silêncio sagrado do lugar.

Maria apertou o terço em suas mãos com força, mas não demonstrou surpresa. Elsa, por outro lado, deu um passo para trás, os olhos arregalados em uma mistura de medo e incredulidade.

— Quem é ele? — perguntou, a voz mal saindo.

Maria permaneceu imóvel, o olhar fixo no homem que agora parava no meio do corredor central da igreja.

— Ricardo avisou que ele viria — respondeu Maria, tentando manter a calma na voz. — Disse que deveríamos esperar por alguém que resolveria tudo.

Elsa se virou para ela, a raiva crescendo em seu rosto.

— Ricardo nunca teve controle de nada, Maria! Nem de si mesmo! Como pode confiar nele agora?

O homem caminhou até elas, a luz das velas projetando sua sombra gigantesca contra o altar. Sua presença parecia sufocar o ar ao redor, tornando cada respiração difícil.

— Tenham paciência. Vocês já fizeram bastante. Agora só precisamos sentar e esperar — disse ele, a voz grave e abafada por trás da máscara.

Maria e Elsa trocaram olhares, mas não disseram mais nada. O silêncio voltou a dominar a igreja enquanto o homem permanecia imóvel no corredor, como uma estátua macabra de carne e sombras.

36.

Na sala espaçosa com luzes de led da casa de Alejandro e um grande lustre no meio do teto, Daniel sentia como se aquelas paredes estivessem impregnadas com segredos não ditos. Desta vez, ele conseguia perceber mais detalhes do ambiente. As paredes exibiam molduras com vestimentas de luta livre cuidadosamente preservadas, um grande espelho refletia a luz de forma sutil, e um canto estava adornado com troféus que brilhavam discretamente. No lado oposto, uma imagem sacra repousava sobre um pequeno altar, irradiando um ar de reverência e serenidade. Ele estava sentado em um sofá ao lado de Javier, que mantinha os braços cruzados e o olhar fixo a cada palavra dele. Alejandro, por sua vez, permanecia de pé, quase encostado na parede oposta, os olhos escuros e observadores, escutando em silêncio com uma expressão difícil de decifrar.

Daniel respirou fundo. Era a segunda vez naquela noite que contava a sua história. O relato sobre a IA, Miguel González, a conversa com Héctor Vargas... tudo. Cada detalhe que, apesar de soar completamente insano, ele estava convencido de que precisava compartilhar. E Alejandro o escutava com a mesma descrença que Javier havia demonstrado antes.

Quando Daniel terminou, uma estranha quietude se instalou na sala.

— Eu sei que tudo isso parece... — Daniel hesitou, passando uma das mãos pelo rosto. — Parece loucura. E talvez seja. Mas agora, pra ser sincero, tudo o que me importa é encontrar Nilla e sairmos de Puerto Vallarta.

Alejandro o observou por um longo momento, mas não disse nada. Daniel, no entanto, percebia a atmosfera pesada entre ele e Javier. Desde o início da conversa, os dois mal haviam trocado uma palavra, e Daniel não conseguia afastar a sensação de que havia algo não resolvido entre ambos. Ele decidiu não tocar no assunto, mas a tensão entre os dois era quase palpável.

Quando Daniel mencionou que a IA havia sugerido que o pai de Alejandro havia sido assassinado, ele esperava uma reação forte. Mas, para sua surpresa, Alejandro não pareceu tão chocado quanto Javier. Aquele detalhe deu a Daniel mais uma coisa com que se preocupar. Ele se perguntava o quanto Alejandro sabia ou pelo menos desconfiava.

Por um momento, Daniel se sentiu desconfortável com a possibilidade de Maria González aparecer a qualquer instante e interrompê-los, como já havia feito antes. Mas, dessa vez, ela parecia ausente. Ou já dormia.

Alejandro, ainda calado, foi até a porta da varanda, de costas para eles. A postura rígida e o silêncio incomodaram Daniel.

— Você... — começou Daniel, hesitante, mas decidido a obter

algumas respostas. — Você se lembra de algo daquela época? Algo sobre seu pai?

— Não sei se posso contar alguma coisa.

— Por favor...

Alejandro parecia resistir por um instante, mas então se virou levemente para responder, a expressão mais sombria que antes.

— Meu pai teve uma parada cardiorespiratória, *señor*. Ele desabou no chão do ringue, na frente de todo mundo. Eu estava lá.

Daniel o observou com atenção, tentando captar algo além das palavras. Havia uma frieza nos detalhes, como se Alejandro se forçasse a manter a história no nível mais factual possível, sem se aprofundar nas implicações.

— Essa foi a última vez que você o viu com vida? — Daniel insistiu.

Alejandro parecia contemplar a pergunta antes de responder, como se estivesse buscando nas memórias algo relevante.

— Eu era muito pequeno — disse, em tom de quem revela uma lembrança longínqua. — Mas de algumas coisas, eu me lembro. Minha mãe e eu costumávamos ir ao camarim dele antes das lutas. Era um ritual. Ele parecia sempre calmo, as lutas são coreografadas, você deve saber.

— Sim, eu sei.

— Apesar disso, meu pai costumava rezar. Ele era muito católico. E tinha um ritual que costumava fazer antes das lutas.

Daniel franziu as sobrancelhas.

— Ritual?

Alejandro se virou completamente, agora encarando Daniel e Javier.

— Eu levava água benta para ele. — Alejandro deu de ombros. — Ele bebia antes de entrar no ringue, talvez para espantar algum mau agouro... ou só para garantir que nada de ruim aconteceria.

— Beber? Pelo que sei, elas não são para serem ingeridas.

— *Sí.*

— Mas água benta...

— Eu sei. Mas ele fazia questão. A Igreja geralmente desaconselha o consumo de água benta, mas não o proíbe. Afinal, a água benta é usada para proteção, bênçãos... nada nela é intrinsecamente perigoso. E existem outras doutrinas que bebem água fluidificada. Mas, no caso de meu pai, era mais um capricho. Acho que era superstição, uma proteção divina. Parece que não deu certo, no final das contas.

Daniel sentiu um arrepio percorrer sua espinha ao ouvir aquilo. Algo sobre o ritual, sobre a água benta, o fez se lembrar novamente de El Zorro.

— E quem benzia essa água? — Daniel perguntou, o coração batendo um pouco mais rápido. — O padre... Ricardo Sarmiento?

Alejandro pareceu petrificar, o rosto perdendo um pouco da cor. Era como se, ao ouvir aquele nome, um entendimento desconfortável se desenrolasse em sua mente. E só provava que Daniel havia avançado em suas investigações.

Ele olhou de soslaio para Javier, como se a presença dele tornasse a revelação ainda mais inquietante.

— Minha mãe costumava passar na igreja... pegar a água lá — respondeu Alejandro, a voz mais contida do que antes, como se medisse as palavras.

— Você não acha estranho?

— Na minha cabeça, naquela idade, aos cinco anos, eu não compreendia bem. Era tudo muito lúdico. Meu pai falava que aquela água ingerida era Deus agindo em seu corpo, lhe dando força. Eu não sabia ainda que a luta era coreografada.

— Ele nunca lhe contou?

— Não. Eu acreditava que as lutas eram reais. Acho que ele queria me passar essa imagem. E dizia que queria que eu fosse lutador como ele, que apenas um filho forte conseguiria continuar seu legado. Só depois, quando me interessei em lutar, minha mãe e Ricardo me disseram o que significavam de fato as lutas.

Javier, que até então apenas observava a conversa, franziu o cenho.

— Do que vocês estão falando? — ele perguntou, visivelmente perdido.

Daniel balançou a cabeça, um tanto incerto.

— Talvez minha mente esteja indo longe demais... mas... — Daniel respirou fundo, formulando suas dúvidas. — Repito, não é estranho? Quero dizer, a água benta, esse ritual... Se assistirem ao vídeo daquela luta com outros olhos, talvez possam ver que Miguel já parecia diferente antes de subir no ringue.

— Está dizendo que não era água benzida? — Alejandro o olhou.

— Talvez "benzida" de outra forma — ironizou Daniel. Viu o semblante de Alejandro se modificar ao escutar aquilo, de uma forma que ele sabia que podia ter sido culpado, em parte, por ter entregue ao seu pai. E se arrependeu um pouco de ter colocado as palavras daquela maneira.

Javier se inclinou, ainda cético.

— E por que justo nesse dia? — perguntou, desafiador.

Alejandro hesitou antes de responder, como se o peso de suas palavras fosse uma revelação há muito evitada.

— Por que seria a última luta dele? — disse, a voz baixa. — Minha mãe repetiu isso inúmeras vezes quando ele morreu.

Daniel olhou para eles, a mente fervilhando com as conexões que se formavam. Ele se lembrou de outro detalhe, um que o deixava inquieto.

— E o adversário dele... — continuou. — Era o mesmo que lutou com você, Alejandro. Não pode ser coincidência que o homem tenha vencido os dois.

Alejandro escutou as palavras, mas desde que Daniel mencionara Ricardo Sarmiento, ele parecia inquieto, perdido em pensamentos. Havia algo ali, um segredo oculto, uma conexão que Alejandro talvez estivesse tentando ignorar.

Javier soltou um suspiro e balançou a cabeça, como se estivesse processando a gravidade de tudo o que haviam discutido.

— Isso é muito sério — murmurou Javier.

Alejandro, ainda visivelmente abalado, ao ouvir aquilo, dirigiu-se a Javier com uma expressão severa.

— E o que você quer com tudo isso? — questionou, o tom quase desafiador. — Reparar algo do passado?

Javier cerrou os dentes, claramente incomodado com a insinuação.

— Eu só estou aqui por causa dele — respondeu, apontando para Daniel. — Se não fosse por isso...

As palavras de Javier ficaram no ar, como uma acusação não dita. O silêncio que se seguiu pareceu pesar ainda mais na sala. Daniel os observou com cautela, sentindo a tensão crescer entre eles.

— Vocês cresceram juntos, não é? — perguntou Daniel, na esperança de entender a origem daquela animosidade.

Alejandro desviou o olhar, visivelmente desconfortável.

— Depois da morte do meu pai... Elsa Ortiz deixou o trabalho. Deixou a nossa casa.

Javier imediatamente se intrometeu, o tom acusador.

— Minha mãe não deixou nada — ele afirmou, os olhos brilhando de raiva. — Ela me contou que fomos praticamente "convidados" a sair. Com o dinheiro que recebemos, nos mudamos e ela abriu a loja.

Alejandro levantou o queixo, a expressão endurecendo.

— Minha mãe sempre me contou uma história diferente — rebateu, com um olhar que deixava claro o ressentimento.

— Que história? — Javier quis saber.

— Que sua mãe não era confiável. E que seu pai... bem, você sabe os problemas dele.

Javier se levantou de repente, o rosto marcado pela indignação.

— Não manche a história da minha família! — ele disse com aquela mesma intensidade que Daniel vira no dia anterior, na loja.

Alejandro cruzou os braços.

— Mas vocês dois eram amigos — Daniel se certificou.

— ¡Sí! E você nunca mais me procurou depois disso, Alejandro — Javier falou olhando bem para ele.

— Não me lembro de você ter ido assistir uma de minhas lutas — Alejandro replicou.

— Porque você mudou.

A expressão de Alejandro também se endureceu, agora visivelmente ofendido.

— Ah, eu mudei? — respondeu, dando um passo à frente, o tom carregado de sarcasmo.

— ¡Sí! E também não me lembro de você e sua mãe me levarem a qualquer luta do Fuego Estelar — respondeu ele, com rancor nos olhos.

Ambos pareciam prestes a entrar em um embate, com feridas abertas que se recusavam a cicatrizar. No entanto, dos dois que estavam ali, Daniel sentiu uma ponta de compaixão por Javier naquele instante. Conseguiu se colocar no lugar dele: uma criança, filho de empregados, vendo o próprio ídolo atravessar a porta da sua casa, apenas para ser ignorado no momento de assistir uma luta qualquer. Um momento que deveria ser de magia, de admiração, mas que acabou destruído por uma indiferença fria, quase cruel. Ser ignorado naquele instante, quando tudo o que queria era ser visto, ouvido, reconhecido, parecia uma rejeição tão profunda que ele podia entender como algo assim poderia marcar alguém para sempre. Talvez fosse ali que a amargura de Javier tivesse começado, uma semente plantada em terreno fértil, crescendo ao longo dos anos até se transformar naquilo que agora se revelava — uma dor que transbordava como lava de um vulcão.

Daniel, sentindo que a situação estava prestes a sair de controle, interveio, erguendo as mãos.

— Calma, pessoal — pediu, tentando trazer de volta o foco. — Lembrem-se que eu preciso da ajuda de vocês.

Alejandro cruzou os braços, a expressão fechada. Ele olhou para Daniel com uma dureza que não disfarçava. Tinha alcançado o limite da paciência.

— Estou percebendo agora... que isso soa muito "fantasioso" — disse, deixando bem intrínseco que Javier tinha algum interesse naquela história, depois que o rapaz interrompeu a linha de pensamento. Ia além do que Daniel tinha controle. — Já li muitas "conspirações" por aí sobre a morte do meu pai, especialmente de pessoas em quem eu não posso confiar — lançou as palavras, mas com destino certo. — Quando chegou expondo a sua suspeita, e toda esta coisa de Inteligência Artificial... reconheço que foi bem criativo — definiu.

— Alejandro, eu não...

Alejandro pediu que Daniel não falasse.

— Pelo que me contou, Elsa Ortiz disse que era pra o *señor* ir para o resort... — recomeçou ele, em um tom que parecia carregar agora mais certezas do que dúvidas. — Que ela o ajudaria. Então, faça isso. Vá para o resort. Boa sorte com sua esposa. Vocês dois devem ir embora da minha casa.

Daniel não acreditou. Olhou para Javier ao seu lado e viu o rosto dele tenso, o maxilar travado e os olhos inquietos. Aquela discussão havia mexido profundamente com ele, era evidente. E o ambiente da sala, antes carregado de segredos antigos e de uma hostilidade disfarçada, agora se mostrava sufocante. Apesar da forma madura de falarem, não passavam de dois rapazes. Esquentados.

Sem ter o que fazer, Daniel aceitou. Havia jogado "a bomba" ali, bem no meio da sala dos González e, agora, que Alejandro lidasse com aquilo como pudesse. Todavia, havia conseguido uma informação crucial naquela noite, algo que, de fato, mudava o rumo de tudo. Por mais que Alejandro tivesse tentado manter a história superficial, Daniel não havia engolido toda a explicação da água benta. Algo não se encaixava.

El Zorro. O nome agora ressoava em sua mente com uma intensidade nova. Se antes Daniel tinha dúvidas sobre a extensão do envolvimento daquele homem, agora estava convencido de que Ricardo Sarmiento estava metido naquilo até os ossos.

Esse fio de suspeita lhe dava um novo impulso, uma certeza de que ele estava mais próximo da verdade do que jamais estivera. Ao seu lado, Javier o observava, parecendo tão inquieto quanto ele, mas Daniel estava decidido a não compartilhar seus pensamentos naquele instante. Essa informação era sua vantagem — e ele a usaria no momento certo.

Respirou fundo e disse, em um tom que não deixava espaço para discussão:

— Vamos embora, Javier.

Javier não olhava mais para Alejandro.

— É pra já! — respondeu com firmeza, quase como se estivesse esperando a deixa.

37.

Daniel decidiu que não podia mais ficar esperando respostas que talvez nunca viessem. Ele olhou para o relógio do celular. Já passava de três da madrugada. O tempo escorria por entre seus dedos, deixando o gosto amargo de impotência.

O caminho de volta ao resort foi tomado por um silêncio tenso. Javier parecia ainda engolir as palavras de Alejandro, seus olhos acompanhando as luzes da cidade que passavam pela janela do Uber, sem desviar a atenção.

Após chegarem ao resort, Javier ficou no salão, aguardando enquanto Daniel subia. A cada passo, a ansiedade parecia lhe comprimir o peito. Um fio de esperança.

Mas o quarto estava vazio. Nilla não estava lá, apenas seus pertences. Ele deixou a câmera em cima da mesa de cabeceira, tentando processar o que via. Isso só reforçava o temor que se instalava em sua mente: ela tinha mesmo sido levada contra a própria vontade.

Ele suspirou fundo, levando as mãos ao rosto. Sentia o suor gelado na testa. Caminhou até o banheiro e, com as mãos trêmulas, abriu a torneira. Deixou a água fria correr por alguns segundos antes de lavar o rosto, tentando esfriar a cabeça. Quando levantou o olhar para o espelho, viu seu próprio reflexo o encarar, cansado e abatido.

Ali, de frente para seu reflexo, Daniel sentiu o peso da culpa, um sentimento que o consumia lentamente. "Você falhou com ela", uma voz sussurrava em sua mente, cruel e insistente. Ele pensou em Veneza, naquela outra vez em que Nilla desaparecera, os pertences dela abandonados, tal como agora. Só que, dessa vez, era ainda pior — ela estava grávida.

Ele fechou os olhos, tentando afastar os pensamentos sombrios. Não podia continuar colocando a vida dela em risco, e agora, também do seu filho. Ele era a única pessoa que Nilla realmente tinha no mundo, a única que importava, e ele não estava sendo capaz de protegê-la. Ela não tinha mais ninguém. Sem pais, sem irmãos. Ele era tudo para ela — e, naquele instante, também seu pior fracasso.

Ao pensar em família, seu pensamento voltou para a conversa na casa dos Gonzáles. A história de Alejandro, com seu pai morto em circunstâncias suspeitas, e a de Javier, marcada pelo ignoro e o abandono de um pai alcoólatra. Pareciam histórias espelhadas, duas trajetórias distintas, mas com traços familiares de tragédia e perda. E ambas aconteceram na mesma casa, o que tornava tudo mais estranho.

Daniel enxugou o rosto e respirou fundo. Deixou o banheiro e desceu as escadas, onde encontrou Javier ainda esperando na recepção. O rapaz olhou para ele, ansioso.

— E então? — Javier perguntou.

Daniel balançou a cabeça, a expressão desolada.

— Não há nem sinal de Nilla.

Javier franziu o cenho.

— Tentei falar com a minha mãe, mas ela não atende o celular.

— Nada mais me espanta.

— Quer voltar para a Malecón Boardwalk?

Daniel hesitou. Não sabia exatamente onde procurar, mas sabia que não podia ficar parado ali.

— Não acho que encontrarei Nilla lá. Preciso pensar no que fazer.

Javier se viu sem opções, como ele. Então Daniel se voltou para o rapaz.

— Qual é a história do seu pai? — perguntou, quebrando o silêncio.

Javier o encarou, surpreso com a pergunta.

— Por que você quer falar sobre isso agora?

— Eu preciso entender... reconstruir o passado de sua família, de Alejandro. É como um quebra-cabeça, e qualquer peça pode ser importante.

Javier suspirou, mas começou a contar.

— Quando eu era muito pequeno, e logo após a morte de Miguel González, meu pai, Ramón Ortiz, se afundou na bebida de vez. Morávamos nos fundos daquela casa. Uma noite acordei com minha mãe chorando bastante. Ele tinha ido embora. Ela não quis falar muito sobre isso, eu era novo, só disse que daríamos a volta por cima. Foi então que saímos da casa e ela decidiu abrir a loja.

Daniel assentiu.

— Sinto muito por isso.

Javier deu de ombros, tentando mascarar a dor.

— Não me importo mais. Abandonos de pais acontecem com mais pessoas do que a gente imagina.

Daniel fez uma pausa antes de perguntar:

— Elsa e Maria continuaram mantendo contato?

Javier hesitou, o desconforto evidente em seu rosto.

— Poucas vezes vi Maria na loja. E, toda vez que ela aparecia, eu me sentia incomodado. Ela sempre me olhou de um jeito estranho demais.

— Talvez porque você foi amigo do filho dela e ambos se afastaram. Ela ficou do lado de Alejandro. Não tem nada de estranho nisso.

Javier sacudiu a cabeça.

— Ela era tolerante comigo quando morávamos lá. Mas, depois que saímos, tudo mudou.

Daniel franziu o cenho, intrigado.

— A mesma mudança que você disse que notou em Alejandro?

Javier sorriu amargamente.

— Claro que não.

Daniel não entendeu a resposta.

— Por quê?

Javier olhou para o chão antes de responder.

— Alejandro sempre foi... diferente. Desde criança. Tinha umas brincadeiras que eu não gostava.

Daniel franziu o cenho, confuso.

— Que tipo de brincadeiras?

Javier hesitou, mas então soltou as palavras de uma vez:

— Ele já demonstrava que seria homossexual quando ficasse mais velho. Era só uma questão de tempo. E foi o que aconteceu.

— Homossexual?

— Não me diga que você não percebeu.

— De forma alguma.

— Pensando bem, Alejandro parece ser discreto.

— Então ele esconde?

— Não sei bem se "esconde", mas acho que tem tudo a ver com a fama. As lutas livres exalam muita testosterona. E muitos fãs são jovens demais para entender.

Daniel sabia que nunca fora particularmente bom em captar esses sinais, mas se lembrou dos dois rapazes que vira na academia, onde Alejandro parecia constantemente envolvido em uma disputa de força e egos com eles. Talvez houvesse algo mais naquela dinâmica, uma competição velada que agora fazia mais sentido — ou pelo menos, sugeria algo mais profundo.

— As brincadeiras que você falou... tinham a ver com isso? — ele perguntou a Javier, tentando encontrar um fio de compreensão.

Javier pareceu hesitar, como se as palavras pesassem ao sair.

— Eu não sei. Eu era muito pequeno na época, não entendia direito. Alejandro... ele às vezes queria que a gente brincasse de um jeito diferente, sabe? — Javier evitava o olhar de Daniel, fixando os olhos em algum ponto indefinido. — Às vezes ele tirava a roupa e insistia para que a gente brincasse de luta assim, sem usar nada. Eu nunca soube o que ele queria com isso. Só sei que me deixava desconfortável.

Daniel notou a inquietação de Javier, que parecia reviver a confusão de sua infância ao lembrar daqueles momentos, mas desejando resistir a mergulhar nas memórias que trazia à tona.

— E quando você se afastava... como ele reagia? — Daniel insistiu, com cautela.

Ele estudou o rosto de Javier por um instante, tentando discernir se aquilo poderia ser apenas uma memória distorcida de infância. Mas algo ali parecia não se encaixar, e a intuição o impulsionava a entender mais. Como Javier não respondeu, ele perguntou:

— Javier, você acha que Miguel era um abusador? Porque, veja, em algumas famílias... — ele hesitou, escolhendo as palavras com cuidado. — Em algumas famílias, nem tudo é como parece. E, bem, certas coisas... podem acontecer.

Javier balançou a cabeça rapidamente, quase como se quisesse afastar a própria ideia.

— Não, *señor*. Nunca o vi agir estranhamente com Alejandro. Acho que jamais faria isso. — A voz de Javier era firme, quase defensiva. — Fuego Estelar tinha um ego grande, mas era um *hombre* normal. E, acima de tudo, amava Alejandro. Disso eu tenho certeza.

Daniel observou a intensidade nos olhos de Javier. Era claro que ele nutria um profundo respeito, talvez até uma admiração idealizada, pelo pai de Alejandro. No entanto, havia algo ali, uma sombra no olhar de Javier, uma reserva que ele tentava esconder.

— Mas... — Javier ponderou.

— Mas...? — Daniel insistiu, pegando o gancho que Javier deixara escapar. — Você disse "mas". Tem algo aí, não tem?

Javier desviou o olhar, como se procurasse forças em algum ponto vazio da sala.

— *Sí*, é só que... uma vez, eu vi algo que nunca contei para ninguém, nem para minha mãe. Algo que ficou guardado comigo todos esses anos — ele sussurrou, a voz quase inaudível.

— Com Miguel?

— Não.

Daniel se inclinou um pouco mais, a curiosidade se transformando em um misto de apreensão e expectativa.

— O que foi que você viu, Javier?

Javier respirou fundo, como se aquele simples ato lhe custasse um enorme esforço.

— Houve um dia... um dia em que Ricardo Sarmiento foi até a casa para ver o pai de Alejandro. Fuego Estelar não estava lá, então Ricardo ficou esperando na varanda. Eu e Alejandro estávamos brincando no jardim, até que Ricardo nos chamou. Alejandro correu até ele, mas eu demorei porque... bem, por causa da minha perna. — Javier deu de ombros, como se o detalhe fosse insignificante, mas seu tom denunciava a lembrança incômoda.

Daniel observou em silêncio, esperando que ele continuasse.

— Eu vi de longe. Alejandro já estava lá com ele, e Ricardo fez um carinho em seu rosto. Então, sem motivo algum aparente, Alejandro... ele baixou o short. Como se fosse algo natural, entende? Mas eu pensava que ele só fazia isso comigo. — Javier engoliu em seco, como se a memória lhe causasse um desconforto físico. — Ricardo pareceu desconcertado, especialmente quando viu que eu me aproximava. Ele levantou o short de Alejandro e murmurou algo para ele, algo que não consegui ouvir direito. Mas acho que disse: "Não é o momento".

Daniel sentiu um frio na espinha ao ouvir aquilo, uma sensação desagradável de algo sombrio e oculto.

— Você tem certeza disso, Javier? Quero dizer, é possível que... — ele hesitou, consciente da delicadeza da questão. — Que isso possa ter sido a sua imaginação de criança?

Javier negou com um gesto firme, o olhar preso ao chão.

— Não, *señor*. Isso realmente aconteceu. Eu podia ser uma criança, mas sei o que vi. E nunca consegui esquecer aquele dia. Como eu disse, é a primeira vez que tenho coragem de contar para alguém.

Daniel ficou em silêncio, assimilando as palavras de Javier. Aquela informação trazia novas perguntas, um transtorno ainda maior para o enigma que ele tentava decifrar. E, mais uma vez, Ricardo Sarmiento parecia estar no centro de tudo.

Daniel sentiu um arrepio percorrer sua espinha.

— Então... você nunca contou isso a ninguém? Nem mesmo para sua mãe?

Javier suspirou, o olhar distante.

— Nunca. Achei que, se eu contasse, talvez ninguém acreditasse. Era o empresário de Miguel, afinal... é o El Zorro, ídolo das pessoas mais antigas da cidade. Além disso, um padre! Ele sempre me intimidou. E eu também não entendia completamente o que havia presenciado, apenas sentia que algo estava errado.

O silêncio entre os dois se alongou, carregado e perturbador. Daniel tentava organizar os pensamentos — fragmentos dispersos de uma verdade oculta que, aos poucos, começavam a se alinhar, embora o quadro completo ainda permanecesse nebuloso.

— E você acha que Alejandro... lembra disso? Ou que talvez tenha mais a dizer? — Daniel perguntou, tentando extrair alguma luz daquela penumbra de dúvidas e insinuações.

Javier deu novamente de ombros, o olhar entristecido.

— Não sei. Alejandro e eu nunca conversamos sobre isso. A verdade é que, depois da morte do pai dele, talvez ele tenha tentado esquecer. Ou talvez...

— Sim?

— Tenha se acostumado a isso.

Uma pontada de horror e compaixão por Alejandro alcançou Daniel. Ele imaginou o que aquele rapaz poderia ter carregado ao longo dos anos, talvez sem nem mesmo entender completamente o que havia vivido. E era muita coisa para Daniel assimilar em poucos dias. A Inteligência Artificial, a história da água benta, as duas lutas com derrotas dos González promovidas pelo mesmo homem... mas agora, o que acabara de ouvir, transformava todo o contexto. Tudo se enredava em camadas cada vez mais densas e perturbadoras. Não era apenas uma questão de assassinato, de lutas coreografadas, rivalidades de infância ou memórias borradas. Era algo muito mais sombrio.

Javier permaneceu em silêncio por alguns instantes, observando Daniel com uma expressão cautelosa, como se esperasse que ele processasse tudo o que acabara de ouvir. Finalmente, após um momento de hesitação, rompeu o silêncio:

— E então... o que quer fazer agora?

Daniel respirou fundo, encarando Javier com uma expressão determinada. Só havia um caminho a seguir, um lugar para onde tudo apontava.

Ele se endireitou, como se estivesse se preparando para algo inevitável.

— Só há uma única pessoa com quem devemos encontrar — disse, com firmeza. — Ele é a peça que une tudo. Se queremos respostas, é com ele que conseguiremos.

— Mas e sua esposa?

— Algo me diz que não demorarei para achá-la.

38.

Enquanto caminhavam pelas ruas estreitas e iluminadas de Puerto Vallarta, Daniel mantinha o olhar fixo no caminho à frente, imerso em pensamentos. A noite, que ele imaginava ser apenas mais uma entre tantas, revelava-se repleta de surpresas, cada uma trazendo novas perguntas, novas sombras para o caso que investigava. E, ao seu lado, Javier, com seus passos mancos, seguia atento ao celular, lançando olhares impacientes para a tela.

— Algum problema? — perguntou Daniel, tentando manter o tom casual, mas percebendo a agitação do jovem.

Javier suspirou, guardando o celular no bolso.

— Meus amigos ficaram me esperando na celebração — respondeu ele. — Eu só daria uma passadinha na loja antes de voltar, mas... bem, você sabe como foi.

Daniel assentiu, compreendendo o imprevisto que ambos enfrentavam.

— Sinto muito por ter te envolvido em tudo isso, Javier. Eu não imaginava uma noite tão longa assim. Para mim e para Nilla, tudo não passaria de diversão — respondeu com um toque de remorso.

Javier balançou a cabeça, como se afastasse as desculpas com um gesto leve.

— De certa forma, acho que é bom. Parece que muitas coisas vão se esclarecer esta noite.

Daniel ficou em silêncio, observando Javier, cuja expressão agora misturava determinação e certa melancolia. Percebeu o quanto o jovem parecia carregar um bloco invisível, muito além da leve claudicação que limitava seus passos. Após um tempo de silêncio, não pôde deixar de perguntar:

— Você se incomoda em falar sobre a sua perna?

Javier acabou respondendo com um tom surpreendentemente calmo, quase resignado:

— Nasci com uma malformação congênita. Isso faz com que eu manque desde criança. — Ele fez uma pausa, olhando para o chão. — Às vezes penso que... que isso contribuiu para meu pai ter ido embora.

Daniel sentiu um pesar ao ouvir aquilo. Javier ainda carregava a culpa por algo que estava completamente fora do seu controle. Daniel, que já ouvira muitas histórias absurdas de pais e filhos no jornalismo, sentiu-se invadido por uma sensação de injustiça.

— Não pense assim — disse, firme. — Um homem de verdade nunca abandonaria o filho por algo desse tipo. Isso não define seu valor.

Aquelas palavras saíram com intensidade, pois, para ele, falar sobre o valor de um pai era um assunto que ressoava fundo. Em sua carreira, havia se deparado com várias reportagens de abandono, onde homens deixavam para trás responsabilidades e laços em busca de algo "melhor" ou "mais fácil". A desculpa da fraqueza era algo que lia com frequência, mas nunca conseguia aceitar completamente. Para ele, um pai de verdade era aquele que enfrentava as dificuldades ao lado dos filhos, independentemente de qualquer adversidade. E ele sabia que Javier precisava ouvir isso.

Javier forçou um sorriso, um gesto pequeno e discreto, mas ainda assim, sincero.

— Você tem filhos? — perguntou.

Daniel foi pego de surpresa. Em seu íntimo, pensou em Nilla, na situação delicada em que ela se encontrava e no esforço que haviam feito para realizar o sonho de construir uma família. Havia uma ternura e um receio em sua resposta.

— Não ainda. — Fez uma pausa, e seus olhos se perderam por um momento, como se visualizasse a mulher que amava. — Mas Nilla está grávida. Precisamos fazer um tratamento bem caro para que isso fosse possível, para que ela pudesse engravidar de novo.

Javier ergueu as sobrancelhas, visivelmente surpreso e curioso.

— Muito caro?

— Sim. Resolvi um caso em Pocklington, na Inglaterra. Foi um caso complicado, mas bem remunerado. Felizmente, Nilla não se envolveu naquela ocasião, eu estava sozinho, diferente do que está acontecendo agora.

A mente de Daniel divagou momentaneamente para o caso em Pocklington. Fora uma investigação complexa, onde a morte e o perigo o rodeavam a cada centímetro daquela cidade. E agora, com Nilla grávida, ele sentia uma responsabilidade ainda maior. Cada caso não era mais apenas uma busca pela verdade; era também uma escolha entre o dever profissional e o amor pela família que ele construía.

Javier lançou um olhar criterioso enquanto assimilava aquele dado.

— Então... sua vida está destinada a isso?

— Ser um repórter investigativo?

— Se o *señor* chama assim...

Daniel soltou um sorriso breve, quase triste, como se aquele riso carregasse anos de histórias e memórias difíceis de serem compartilhadas.

— Nunca planejei seguir por este caminho, para ser sincero. As coisas foram acontecendo... começaram em Veneza, e depois se sucederam como uma cadeia de eventos fora do meu controle.

Veneza. Aquela palavra soava como um prelúdio, o ponto inicial de uma jornada que se desdobrara em mistérios, perigos e revelações. E pensar que, naquela época, ele jamais imaginava estar onde estava agora, envolvido em casos que testavam sua fé na humanidade.

— E você já esteve diante da morte? — perguntou Javier, como se tentasse vislumbrar os limites da coragem de Daniel.

— Sim — respondeu, após uma pausa. — E posso te garantir, não é nada agradável. Não importa quantas vezes você enfrente isso, o medo nunca desaparece. A morte sempre vem com um peso... com uma sensação de que poderia ter sido evitada.

Javier assentiu em silêncio. Havia algo de profundo naquele diálogo, como se cada troca fosse um tijolo a mais construído entre duas gerações, entre duas perspectivas que, embora diferentes, convergiam em alguns pontos.

Os dois continuaram andando e a conversa tomou um tom mais contemplativo. Daniel olhou ao redor, absorvendo o quase silêncio daquela parte das ruas de Puerto Vallarta. Ouvia distante as celebrações. Naquele ponto, não se via quase nada sobre o Dia dos Mortos. Tudo parecia calmo, mas ele sabia que toda verdade se escondia nas sombras, à espera de ser descoberta.

Logo chegaram à praça que antecedia a antiga Iglesia de Santa Luz de los Milagros. A construção se destacava sob a luz difusa da noite, um santuário de pedra que parecia carregar narrativas e segredos demais.

Foi então que algo chamou a atenção de ambos. Um carro familiar estava estacionado próximo à entrada da igreja.

Javier reconheceu o veículo imediatamente e parou.

— É o carro da minha mãe! — murmurou em um tom que misturava surpresa e uma ponta de desconfiança. — O que ela está fazendo aqui a essa hora?

Daniel sentiu uma pontada de apreensão. Ele tinha suas suspeitas sobre o envolvimento de Elsa na trama complexa que os cercava, mas evitou fazer qualquer comentário. Observou a expressão de Javier, que parecia buscar respostas que ele próprio não sabia formular.

Desviando o olhar para a igreja, Daniel notou que a porta principal estava entreaberta, revelando um vislumbre do interior mal iluminado. Um detalhe simples, mas que parecia fora do lugar àquela hora da noite. Algo naquela cena transmitia uma sensação de perigo, como se estivessem prestes a cruzar um limite invisível.

— É a hora de verificarmos — disse Daniel, tentando manter a voz controlada.

Javier assentiu, e os dois se dirigiram em silêncio para a porta da igreja, trocando olhares que misturavam ansiedade e expectativa.

39.

Daniel empurrou a pesada porta da igreja, e ela se abriu rangendo suavemente, revelando o interior silencioso e sombrio do templo. Assim que pôs os pés para dentro, foi acolhido pelo crepitar suave das velas, cuja luz vacilante lançava penumbras longas e profundas nas paredes antigas. A iluminação fraca e amarelada proporcionava uma reverência ao ambiente, um local de fé, agora envolto em mistério.

Javier o seguia a alguns passos de distância. Daniel, instintivamente, caminhava à frente como se assumisse a liderança.

Ao olhar para o fundo da nave da igreja, notou duas formas sentadas na primeira fileira de bancos de madeira. Não precisou se aproximar para identificar as mulheres: eram Maria González e Elsa Ortiz, ambas figuras naquela teia de mentiras que ele tentava desvendar. As duas pareciam concentradas, talvez orando, mas havia algo na postura delas que transmitia tensão, como se estivessem aguardando por algo, ou alguém. A própria presença delas ali naquela hora era estranha, carregada de presságios.

Daniel respirou fundo e começou a caminhar pelo corredor central, passando entre os bancos. Cada passo ecoava pelo salão vazio, e a única resposta era o murmúrio suave das velas. Ao se aproximar do transepto, notou a pia batismal à sua direita, um objeto de mármore esculpido com esmero, local onde se benzia a água.

O simbolismo não lhe escapou — ali estava ele, um intruso em busca de confissão, de revelações que talvez pudessem purificar ou condenar aquelas mulheres.

Ao chegar mais perto, Daniel pôde observar melhor as duas. Maria González estava envolta em um xale, que ela segurava com força, como se aquilo fosse uma armadura. Seu rosto era rígido, os olhos fixos à frente, sem expressão, mas ele percebia algo de frio naquela fisionomia impassível. Elsa, por outro lado, estava inquieta. Seus olhos vagueavam nervosamente, e suas mãos se entrelaçavam em um gesto de tensão. Era como se estivesse prestes a falar, mas se contivesse diante da presença de Javier, que agora a observava em silêncio.

Daniel parou a poucos passos delas e, com um tom baixo e controlado, disse a Elsa:

— Não era essa a ajuda que eu esperava de você.

Elsa desviou os olhos, claramente desconfortável. Depois lançou um breve olhar para Maria. Com uma frieza calculada, Maria respondeu em seu lugar:

— Você não precisaria de ajuda se tivesse vindo para esta cidade e agido como um simples turista.

Daniel franziu a testa, irritado com a insolência daquela resposta.

— O problema não sou eu, mas o que aconteceu com sua família há catorze anos — retrucou ele, olhando diretamente para Maria.

Maria inclinou ligeiramente a cabeça, sem mudar sua expressão.

— Você não sabe de nada, *señor*. Não faz ideia de tudo que vivemos até hoje.

Elsa permanecia tensa, claramente desconfortável com a presença de Javier, que assistia a tudo em silêncio, parecendo não entender completamente a gravidade daquela conversa. Daniel, com a paciência se esgotando, olhou para as duas com um ar determinado.

— Talvez aqui seja o melhor lugar para confessarem o que quer que tenham feito — disse, mantendo-se fixo em Maria.

Maria ergueu as sobrancelhas, fingindo surpresa.

— E o que você acha que fizemos, Daniel?

Ele respirou fundo, se aproximando mais um pouco.

— Acho que está na hora de uma de vocês assumir o assassinato de Miguel.

Ao ouvirem aquela acusação, Maria riu e Elsa pareceu surpresa, como se estivesse ouvindo algo completamente novo. Seus olhos se arregalaram e ela olhou para Maria, que continuava impassível.

— Assassinato?! — Elsa murmurou, a voz trêmula. — Do que ele está falando?

Daniel cruzou os braços, sentindo que finalmente poderia forçar uma revelação.

— Com a água benta que Miguel bebia antes das lutas — disse ele. — Provavelmente envenenada naquele dia.

Elsa deu um salto do banco, visivelmente abalada. Ela se voltou de novo para Maria, a voz carregada de indignação.

— Maria, eu... nós escondemos tantas coisas, mas nunca tive nada a ver com isso!

Daniel travou a mandíbula enquanto percebia que os olhos de Elsa traíam uma centelha de indignação mal contida. A menção de "Alejandro e Javier" desencadeou uma avalanche de pensamentos, cada um mais sombrio que o outro. O que elas haviam escondido? E por quê? A inquietação crescia em seu peito, mas ele não ousou falar.

Maria se manteve calma, embora uma tensão sutil também fosse perceptível em seus olhos. Ela se virou levemente para Elsa e sussurrou, como quem tenta tranquilizar uma criança assustada:

— Este *señor* não sabe o que diz, Elsa. Fui prevenida quanto a isso. A pressão daquele dia foi demais para Miguel. A causa da morte dele foi uma parada cardiorrespiratória.

— Acredita mesmo? — comentou Daniel. — Nem mesmo Javier ficou tão surpreso quando contei minha suspeita para ele.

Maria então lançou um olhar rápido a Javier, que Daniel interpretou como se estivesse amargando um remorso, e depois ouviu Elsa falar num tom de voz mais baixo, quase um murmúrio:

— É melhor sairmos daqui.

Maria interveio:

— Tenha calma, Elsa. Temos que fazer tudo como Ricardo pediu.

Ao ouvir o nome de El Zorro, Daniel percebeu uma leve mudança no rosto de Maria, quase como um lampejo de adoração misturado com respeito.

— Chamem o velho padre até aqui — disse ele, contendo a raiva que crescia dentro de si. — Não me façam ter que procurá-lo.

Elsa, hesitante, balançou a cabeça e respondeu:

— Ricardo não está aqui na igreja.

— Então onde ele está? — perguntou, impaciente. — Ou melhor, para onde vocês todos levaram Nilla?

Maria apertou ainda mais o xale em volta de seu corpo, suas mãos tremendo levemente. Ela olhou para Daniel com um olhar penetrante.

— Nós duas não fizemos nada com a sua esposa — respondeu, num tom que tentava soar firme. — Apenas estamos seguindo as ordens de Ricardo.

A raiva de Daniel crescia a cada palavra. Ele sabia que Nilla estava em perigo, e aquelas mulheres pareciam tratar isso como parte de um jogo maior, uma peça no tabuleiro obscuro de Ricardo Sarmiento.

Seu olhar para Maria foi cortante.

— Para proteger o seu filho Alejandro? Porque, com certeza, não é pela memória do seu marido.

Maria soltou uma risada seca e amarga.

— Miguel González? Eu fiquei casada tanto tempo com ele e realmente não sei quem ele era. A única coisa boa que ele deixou foi a casa e a herança. Fora isso, ele era uma pessoa vazia, obcecada apenas com fama e lutas. Conseguiu tudo isso graças ao *hombre* que você está procurando agora.

Aquela admiração velada que Maria demonstrava por Ricardo fez Daniel hesitar por um instante. Ele se perguntou até onde ia o poder e a influência daquele velho sobre as pessoas daquela cidade.

— E você, Elsa? Também idolatra El Zorro? — perguntou.

Elsa hesitou, visivelmente desconfortável com a pergunta. Olhou para Javier, que observava tudo em silêncio, e depois retornou o seu olhar para Daniel.

— Eu e meu marido, Ramón Ortiz, cometemos muitos erros, *señor*. Erros que nos custaram mais do que você pode imaginar. Hoje vejo que fui mais forte que meu marido... ele não aguentou, foi embora para sempre. Mas o que disse? Assassinato? Não há nenhum culpado disso na sua frente!

Javier, que até então estava em silêncio, ergueu o olhar para a mãe, com uma expressão de dor e incredulidade.

— O pai nos abandonou — murmurou ele, quase como uma constatação amarga.

Elsa abaixou a cabeça, a voz trêmula.

— Não, meu filho. Foi a única saída para Ramón. Eu e ele não fomos fortes. Nunca deveríamos ter aceitado. Eu cometi um erro com você...

Daniel franziu a testa, confuso com a maneira como Elsa dissera aquilo. De forma instantânea, uma percepção que ele não havia tido antes invadiu sua mente como um furacão. O que nunca deveriam ter aceitado? Um acordo? Havia algo naquela frase que o incomodava, uma insinuação que ele ainda não compreendia completamente. As duas mulheres sentiam dor quando falavam no nome dos dois.

Então se recordou das palavras de Alejandro que ouviu horas antes...
"Apenas um filho forte conseguiria continuar seu legado."

Ele olhou para Elsa e depois para Maria. *Não, isso seria insano demais!* Mas se havia algo que Daniel aprendera a fazer, fora confiar em seus instintos, por mais louco que parecessem, especialmente em situações como aquela.

Então Maria se levantou, seu semblante duro e decidido.

— Está na hora. Vamos — disse ela, olhando para Elsa e Javier com autoridade, como se os dois ainda fossem parte da criadagem.

Ela começou a caminhar em direção ao corredor, os saltos reverberando pela acústica, ignorando completamente a presença de Daniel. Elsa hesitou, mas também se levantou e segurou o braço de Javier, o puxando para que seguissem Maria. Javier olhou para Daniel, a expressão no rosto uma mistura de confusão e resignação, como se estivesse sendo arrastado para algo que não entendia completamente.

— Ei, parem aí! — gritou Daniel, a voz ecoando pelo interior da igreja.

Maria obedeceu por um instante, já próxima da porta, e se virou. Olhou para ele com um misto de desprezo e compaixão.

— Você está perto de encontrar sua esposa. Mas não posso garantir nada sobre a sua integridade.

As palavras de Maria o desorientaram. *Nilla está aqui?!*

Daniel olhou ao redor, tentando entender o que Maria González queria dizer com aquilo. *Minha integridade ou de Nilla?!* Seus olhos vagaram pelos degraus que levavam ao púlpito, pelo altar imponente com sua cruz de madeira esculpida e pelo enorme crucifixo que pendia acima dele, símbolo de fé e redenção católica. Mais ao fundo, notou a porta, aquela mesma por onde Ricardo havia desaparecido antes. Sentiu um frio na espinha. Ele não sabia o que encontraria ali, mas tinha a sensação de que estava próximo de respostas — ou, talvez, de algo que o destruiria completamente.

Quando começou a subir os degraus, ouviu um som abafado atrás de si. Virando-se rapidamente, percebeu que Maria, Elsa e Javier já haviam desaparecido pela porta de madeira da igreja.

Antes que pudesse reagir, algo se moveu nas sombras atrás do altar. Seus olhos se fixaram na figura que surgia: um homem vestido com uma fantasia macabra. Parecia uma visão saída de um pesadelo, com seu longo casaco cinza de ombreiras afiadas como lanças, uma textura sombria que lembrava uma pele apodrecida e uma máscara horripilante, com olhos vazios e uma boca costurada.

E que veio da direção dele.

40.

O homem avançou com precisão calculada, com a certeza de um predador que já conhecia a vulnerabilidade da presa. Observou Daniel por um breve segundo antes de agir, vendo a confusão em seus olhos enquanto o surpreendia. Sem hesitar, deslizou um braço forte e experiente ao redor do pescoço de Daniel, ajustando a pressão com precisão quase metódica, o suficiente para subjugar, mas não para matá-lo. Era um estrangulamento feito para silenciar, não para conceder misericórdia.

Ele sentiu Daniel se debater, o corpo lutando com um desespero que só tornava o ato ainda mais satisfatório. Não importava o quanto tentasse, Daniel não tinha chances — cada tentativa de escapar era como uma luta contra o aço, e ele, que o mantinha sob seu controle, sabia disso. Não havia pressa; cada movimento desesperado apenas confirmava a sua superioridade.

De relance, percebeu os dedos de Daniel se aproximarem da sua máscara, tentando arrancá-la em uma tentativa inútil de desvendar o rosto oculto. Mas ele estava preparado para isso. A máscara estava bem presa, e as teias de seda negra que cobriam seu pescoço e peito impediam qualquer possibilidade de exposição. Era como se a própria máscara fizesse parte de sua pele, um escudo impenetrável que não poderia ser removido por mãos fracas e desesperadas.

Observou enquanto os segundos se arrastavam, sentindo o corpo de Daniel começar a enfraquecer sob seu aperto, a resistência diminuindo pouco a pouco.

O som da respiração ofegante e cada gemido abafado era uma prova do sucesso de seu ataque. Ele ajustou o golpe uma última vez, aumentando a pressão no pescoço de Daniel, certificando-se de que não havia escapatória. Viu, nos olhos dele, o brilho de alguém que percebe que o fim está próximo, o lampejo de pânico que era sempre o último traço antes da rendição.

A máscara com a boca costurada e os olhos vazios capturava a imagem de seu oponente enquanto ele sucumbia. Ele gostava da frieza que sua própria figura transmitia, da maneira como parecia desumana, como se a Morte em pessoa estivesse ali, executando o ato. Era quase uma arte, a maneira como a vida poderia se esvair do corpo de alguém.

Quando os músculos de Daniel finalmente cederam e o corpo relaxou em seus braços, ele soube que o trabalho estava feito.

O homem esperou um segundo a mais, sentindo o peso morto de Daniel em suas mãos. Então, silenciosamente, soltou-o, deixando que o corpo desabasse no chão. O som do impacto foi abafado, apesar da acústica da igreja. Ele permaneceu ali, imóvel, olhando para o homem desmaiado no chão. Em sua mente, não havia remorso, apenas a certeza de que havia cumprido mais uma parte de sua missão.

41.

A consciência voltava a Daniel em ondas lentas e turvas, como se estivesse emergindo de um sono profundo. Primeiro, sentiu o chão frio e duro sob seu corpo, e a intensidade da luz sobre seus olhos fechados o fez franzir o cenho. Por um instante, pensou que ainda estava na igreja, talvez deitado no chão sob algum dos lustres ou em frente ao altar. Mas havia algo diferente. A luz era intensa demais, implacável, como um holofote apontado diretamente para ele.

Piscando, Daniel abriu os olhos e encarou o teto acima, um teto metálico e com tinta suja, não os arcos que esperava. Sentia a cabeça pesada, como se estivesse envolta em neblina, e o ar parecia lhe faltar por um instante. Uma pontada de dor pulsava em seu pescoço, uma recordação incômoda do que havia acabado de acontecer. Ele tentava organizar as memórias — a igreja, o vulto sinistro, o braço que se fechou ao redor de seu pescoço. Fora imobilizado com uma técnica precisa, brutal. Quem quer que fosse o agressor, sabia o que estava fazendo; sabia exatamente como interromper o fluxo de sangue ao cérebro, deixando-o completamente indefeso.

Daniel se sentou devagar, as palmas das mãos pressionadas contra o chão, enquanto o mundo ainda girava ao seu redor. Sua mente clareava pouco a pouco. Estava em um país onde a luta livre era praticamente um símbolo nacional. Ser subjugado daquela maneira por alguém com habilidade em combate corpo a corpo não deveria ser surpresa, ainda que isso lhe causasse certa frustração.

Ao sentar-se, ele olhou ao redor, e o cenário finalmente se revelou por completo. Estava em um ringue de boxe, cercado pelas cordas familiares e com um chão emborrachado sob os pés. Não qualquer ringue, mas o mesmo da academia de luta que ele havia visitado antes, onde vira as fotos e os troféus... e onde jogaram as cinzas de Miguel.

O estômago de Daniel se revirou ao perceber onde estava. Havia algo de profundamente simbólico e cruel em ser trazido para aquele lugar, o espaço onde Miguel treinava, onde construíra sua reputação e, ironicamente, onde seu legado terminara em um punhado de cinzas. Quem quer que houvesse levado ele até ali, tinha familiaridade com o lugar.

Ele tentou respirar fundo, acalmando a mente enquanto seus olhos varriam o espaço em busca de um sinal, mas só encontrou sombras ao redor, como se o ringue fosse uma ilha isolada sob o holofote. E então, escutou uma voz familiar atrás dele:

— Estava esperando acordar, *señor* Sachs. Afinal, dizem que a celebração do *Día de Muertos* não tem hora para acabar.

Daniel se levantou e antes mesmo de se virar, o cheiro acre de cigarro invadiu suas narinas. Sua vista ainda estava ligeiramente turva, mas aquela fumaça carregada e o toque do tabaco queimado eram inconfundíveis.

Aos poucos, sua visão se firmou, e, sem nenhuma surpresa, ele viu Ricardo Sarmiento, o homem conhecido como El Zorro, sentado casualmente em uma cadeira de ferro, encostada em um canto do ringue, com um costumeiro terno amassado. Um cigarro se equilibrava entre seus dedos, e ele o levava à boca com uma lentidão quase preguiçosa, os olhos penetrantes fixos em Daniel, como se esperasse por alguma reação.

— Sabe o que acho engraçado? — disse Daniel, com uma voz mais firme do que realmente sentia.

Ricardo ergueu uma sobrancelha, tragando o cigarro e soltando a fumaça em uma nuvem densa. Sua voz saiu rouca e arrastada, como sempre.

— O quê?

— Eu nunca te vi de batina.

Ricardo soltou uma risada baixa e rouca, tão áspera quanto o som de cascalho sendo esmagado sob botas pesadas. Seus olhos brilharam com uma diversão sombria, como se tivesse esperado por essa troca de palavras o tempo todo.

— Ah, repórter... — Ricardo balançou a cabeça, como se a própria ideia fosse absurda. — Este não é um lugar para padres e missas. — Ele deu mais uma tragada no cigarro, seu olhar examinando Daniel de cima a baixo. — Aqui dentro, a fé não é vestida em batinas. A fé é vestida em couro, suor, e no som dos golpes contra a carne. Para os lutadores, é a única religião que importa.

Ele se inclinou para a frente, as sombras acentuando as rugas e cicatrizes em seu rosto, o fazendo parecer ainda mais um vulto do que um homem. As cinzas do cigarro caíram ao chão, se acumulando em pequenos montes ao lado de seu sapato gasto.

— Onde está minha esposa? — Daniel quis saber, ao mesmo tempo em que olhava ao redor, mas não a via.

— Tenha calma, *señor* Sachs. Você passou os últimos dias procurando respostas, mas o que encontrou foram perguntas demais — disse Ricardo, a voz ressoando como um sermão amargo. — Achou que poderia descobrir o que aconteceu há tantos anos, mexendo em vespeiros, e ainda deixar sua esposa vulnerável... — Ele deu um riso curto. — E tudo isso para quê? Uma matéria? Sobre um homem morto?

Daniel estreitou os olhos, observando cada movimento do homem à sua frente, tentando manter a compostura. Ao escutar El Zorro perguntar a ele se tudo se tratava de uma matéria, ficava claro que a Inteligência Artificial e o aplicativo Aeternus eram desconhecidos do homem.

— Fuego Estelar era alguém de verdade, Ricardo. Não era apenas um símbolo. Ele era...

— Um tolo. — Ricardo o interrompeu, o tom frio. — Miguel era forte como um touro, um servo da igreja, mas tinha um coração com ego inflado demais.

— Engraçado você falar em coração. Me disse antes que ele morreu por causa de uma parada cardiorespiratória. "Ansiedade." Mas...

— Mas você sabe que não foi bem assim — interrompeu-o novamente.

— Envenenamento.

— *Sí*. E quem você acha que foi o culpado? Eu? — disse com certo escárnio, antes de apagar o cigarro.

— Era você que benzia a água que ele bebia.

— Isso está correto. Como eu disse, Miguel tinha um ego tão grande, que preferia beber a água — falou.

— Mas realmente não faz sentido. Aquele era um dia de glória para Fuego Estelar. A não ser que você não quisesse que ele parasse realmente de lutar. Mas como ex-lutador, você sabe bem quando é hora de se aposentar, não é, El Zorro? — Daniel deixou a entonação da voz mais alta ao citar o nome de lutador dele. — Perder um lutador por aposentadoria não iria acabar com sua carreira de empresário. O ringue nunca fica vazio. E você já planejava colocar Alejandro na luta livre. Então, não acredito que tenha sido nada disso.

Ricardo falou como se estivesse contando uma história antiga:

— Um composto quartenário de amônio, que causou uma síndrome de transtorno respiratório — disse ele, o tom da voz quase casual, mas seus olhos continuavam a observar Daniel com uma intensidade calculada.

— O que é isso?! — Daniel franziu o cenho, sem entender de imediato.

Ricardo deu um leve suspiro, como quem explica algo óbvio para uma criança.

— A causa provável da morte de Miguel foi a ingestão de um herbicida, um veneno para livrar plantas de ervas daninhas. — Ele fez uma pausa, deixando as palavras se assentarem. — Um produto que, quando ingerido, mesmo em doses pequenas, pode causar um efeito devastador no organismo humano. Não há antídoto, tanto que hoje em dia a venda é proibida.

Daniel sentiu uma onda de repulsa e incredulidade o invadir.

— Então foi Ramón Ortiz? Antes de fugir? — perguntou Daniel, a voz incerta mas cheia de suspeitas. — Ele era o jardineiro dos González. Ele teria fácil acesso a esse veneno, não?

Ricardo soltou uma risada baixa, um som cínico e quase triste, como se estivesse rindo da ingenuidade de Daniel.

— É uma possibilidade, mas não sejamos tão ingênuos, *señor* Sachs. Qualquer um da propriedade dos González poderia ter acesso ao herbicida. Não é como se o produto fosse algum segredo escondido nos cofres de um banco. — Ele deu de ombros, jogando o cigarro ao chão e o esmagando com a ponta do sapato. — E, posso garantir, não fui eu quem colocou o veneno na água de Miguel. Também não creio que foi Ramón. Aquele infeliz era tão palerma que duvido que tivesse alma assassina. Mas não posso descartar.

Daniel permaneceu em silêncio, processando as informações. Não sabia se acreditava ou não em El Zorro, mas algo em suas palavras tinha um tom de verdade que ele não podia ignorar. Aquele lugar, aquela cidade, parecia envolta em uma teia de mentiras e traições, onde a verdade era tão rara quanto a lealdade. E agora, ele estava no meio de tudo isso, com mais perguntas do que respostas.

— Se não foi Ramón, por que ele foi embora então? Por arrependimento? — Daniel questionou, lançando o olhar cortante para Ricardo.

Ricardo se inclinou ligeiramente para a frente, o olhar tão afiado quanto o de Daniel, e deixou um respirar desdenhoso sair dos pulmões.

— E o que você acha, *señor* Sachs? — perguntou com uma calma quase provocadora, como se desafiasse Daniel a colocar em palavras aquilo que ele próprio já parecia saber.

Daniel respirou fundo, sentindo as peças finalmente se encaixarem na mente, formando uma imagem perturbadora e ao mesmo tempo clara. Era uma teoria que o rondava desde seu encontro com Alejandro, e depois com Elsa e Maria na igreja, mas que apenas agora, diante de Ricardo, ganhava um novo peso.

— Acho que cheguei a uma conclusão — disse ele, a voz controlada, tentando esconder a agitação. — Mas não sobre o assassinato. Javier... ele é filho de Miguel, não é?

Por um instante, os olhos de Ricardo se arregalaram, um lampejo de surpresa genuína. Logo depois ele voltou a relaxar, como se apreciasse o raciocínio do repórter. Lenta e sarcasticamente, começou a bater palmas, cada batida ecoando pelo ringue silencioso.

— Não imaginei que fosse tão perspicaz, *señor* — murmurou Ricardo, uma pontada de respeito escondida no sarcasmo. — Então, por que não continua? Me diga o que mais acredita saber.

— Alejandro... — Daniel hesitou, reorganizando as ideias. — Quando ele disse que "apenas um filho forte conseguiria continuar seu legado"... aquilo ficou na minha cabeça. Javier é menos de um ano mais velho que Alejandro. Então, pensei... talvez Miguel e Maria tenham convencido Elsa e Ramón a trocarem as crianças. Como criados, e talvez com alguma chantagem envolvida, eles aceitaram criar o filho de Miguel e Maria como se fosse deles. E entregaram Javier para eles — despejou, enfim. — Eu vi como Maria olha para Javier. Há muito arrependimento ali.

Ricardo soltou uma risada seca, um som áspero. Balançou a cabeça em uma mistura de aprovação e zombaria.

— Você chegou perto, Sachs. Muito perto. Mas há um detalhe que você não considerou.

— E qual seria? — Daniel perguntou, intrigado.

— Alejandro é filho legítimo de Miguel.

Daniel franziu o cenho, confuso. As palavras de Ricardo ecoavam, mas ele ainda não conseguia compreender o alcance total da revelação.

— Mas... você disse que Ramón e Elsa criaram Javier como filho deles. Se Alejandro é o verdadeiro filho de Miguel... onde entra Javier nisso?

Ricardo sorriu, um sorriso frio, carregado de um orgulho sombrio.

— A compleição do marido de Elsa, Ramón Ortiz... — Ricardo murmurou, quase para si mesmo, como se se deliciasse com a ironia. — Você nunca o viu. Alguém como ele poderia gerar um lutador forte como Javier? Creio que não.

— Então, o que houve?

— Quando Miguel soube, ainda no início da gravidez de Maria, se não me engano no ultrassom da décima semana, que Javier nasceria com uma malformação na perna, pensou que seu sonho de um herdeiro forte e lutador estava ameaçado.

— Quer dizer... — Daniel tentou processar, cada peça da história assumindo um novo significado. — Miguel engravidou...

— Exatamente. — Ricardo se inclinou, os olhos faiscando com uma espécie de satisfação obscura. — Havia uma outra *mujer* que poderia dar um "puro sangue" para ele. Uma *mujer* bem próxima. E, diga-se de passagem, Elsa era bem atraente. Não foi difícil infiltrar a ideia na cabeça de Miguel.

— Você convenceu...

— O convencimento, meu caro, se torna muito mais fácil quando o outro já carrega no coração a sede de usurpação. É como um campo preparado para a semente: a consciência inquieta sempre busca uma justificativa, uma redenção. Como padre e empresário, eu apenas indiquei o melhor caminho — disse, tragando o cigarro. — Miguel queria um herdeiro forte, alguém que pudesse carregar o nome de Fuego Estelar com orgulho. Tinha medo que acontecesse de novo com Maria, que ela "falhasse" outra vez. Então Miguel procurou Elsa e Javier. Seduziu-a. Manipulou-os. E o casal de criados não teve o que fazer a não ser aceitar.

— Mas Maria nunca...

Ricardo ergueu a mão, interrompendo suavemente, como quem oferece um sermão em meio à confusão de pensamentos. Era a vez de ele falar.

— Maria trazia a culpa dentro de si, como um espinho cravado no coração. Ela acreditava ser incapaz de dar a Miguel o filho que ele tanto almejava, achava que era um castigo divino por algum pecado que sequer entendia. Quando me procurou, aflita, tive de lhe lembrar que até Sara, esposa de Abraão, foi considerada estéril antes de ser abençoada com Isaque. Disse a ela que Deus não falha em Seus planos, que às vezes a provação é o caminho para a fé se renovar. E assim, Maria encontrou consolo e aceitou sua cruz, acreditando que a misericórdia divina, de alguma forma, lhe permitira cumprir o desejo de Miguel. Foi com esse entendimento que ela seguiu em frente. Obviamente, o casamento deles não se manteve tão bem quanto antes.

— E ninguém, na cidade, desconfiou?

— Aquela casa sempre foi um bolha, e Fuego Estelar ainda não era tão famoso assim. Poucas pessoas tinham acesso ao lugar, tudo que acontecia ficava entre quatro paredes. Miguel evitou registrar Javier quando nasceu. Elsa já estava grávida. Em poucos meses, nascia Alejandro, um verdadeiro filho de Miguel. Você tinha que ver como ele era grande, saudável... Um campeão. Só então, a troca foi feita.

— Mas e se fosse uma menina?

— Sabemos que hoje em dia existem muitas *mujeres* no ringue, mas não tanto naquela época. Miguel continuaria tentando até conseguir um filho homem. Era um verdadeiro narcisista.

Daniel encarou Ricardo, o choque e a repulsa se misturando em sua expressão. Aquilo ia além do que ele poderia imaginar; a trama era perversa, e, ao mesmo tempo, perfeitamente calculada. Miguel González e Elsa Ortiz. Uma traição consentida por todos.

— Então, Javier e Alejandro foram criados dentro da casa dos González, com mães e pais diferentes, e ninguém jamais desconfiou... — Daniel murmurou, sentindo o peso daquela revelação. — Miguel deixou um filho legítimo, um campeão... e uma outra criança aleijada desde o nascimento. Isso é bizarro.

— Bizarro? Talvez, *señor* Sachs. Mas, para mim e para Miguel, isso foi apenas um plano bem executado. Um legado garantido, seja qual fosse o custo. Mas, então, veio a morte de Miguel. Depois que Ramón fugiu, Maria se livrou de Elsa e Javier lhes dando dinheiro, e hoje eles têm a loja.

— Por que Ramón foi embora?

— O *hombre* não sustentou o remorso. Acho que tinha um pingo de dignidade naquela carcaça de bêbado.

— Por isso Maria sequer encara Javier. Ela deve sentir o mesmo. E Elsa... eu não poderia imaginar...

— Hoje em dia já é tarde demais para aquelas *mujeres*, *señor*. Revelar isso as colocaria em uma prisão, no mínimo. Por isso os dois jovens nunca souberam de nada. E vai continuar sendo assim.

No instante seguinte, o som pesado de uma porta se abrindo ecoou pela academia, reverberando nas paredes e rompendo a tensão entre Daniel e Ricardo Sarmiento. O ranger da dobradiça enferrujada invadiu o silêncio sufocante do ringue. Daniel desviou o olhar para a entrada, seus sentidos aguçados, e viu a silhueta de uma figura entrando, escondido por causa das luzes que estavam sobre eles.

Ricardo, bastante satisfeito, comentou:

— Até que enfim você voltou! — E acendeu outro cigarro. — Bem, *señor* Sachs, você queria respostas. Agora, terá todas. Mas lhe aviso: a verdade é um golpe a que poucos sobrevivem — disse teatralmente.

42.

Daniel permaneceu imóvel, sentindo o coração martelar no peito enquanto a figura mascarada se aproximava com passos pesados. As luzes do ringue iluminavam gradualmente o homem, revelando os detalhes do traje sombrio que ele usava. Era o mesmo vulto que o atacara na igreja, aquele que o imobilizara com precisão, deixando-o vulnerável e inconsciente.

A máscara, agora mais visível sob a luz, era uma peça intricada, quase cerimonial, cobrindo o rosto do homem por completo. Feita de um material escuro e rígido, tinha detalhes angulosos e ameaçadores, que não apenas escondiam sua identidade, mas também lhe conferiam uma aparência quase sobrenatural, como se fosse um emissário do inferno. A roupa ajustada ao corpo, em tecido escuro, exalava poder e intimidação. Havia algo de animal em sua postura, um predador à espreita cuja aparência fora escolhida para assustar.

Daniel sentiu um arrepio ao reconhecer aqueles detalhes. A visão trazia de volta a sensação esmagadora de vulnerabilidade que ele experimentara durante o ataque. O silêncio, a ameaça não dita, a força calculada daquele homem... Não restavam dúvidas: era o mesmo fantasma de sua memória recente, agora ali, diante dele, pronto para revelar algo mais — talvez um destino do qual Daniel temia não escapar.

O pavor começava a tomar conta dele, cada vez mais consciente de que estava preso em território hostil, sem rota de fuga.

A figura parou ao lado do ringue, silenciosa e ameaçadora, como uma sombra viva. Um verdadeiro pesadelo encarnado no espírito do Dia dos Mortos.

Ricardo, com um sorriso quase despreocupado, fez um gesto casual, apontando para o ringue.

— Suba. Não precisa se esconder mais — ordenou com a calma controlada que parecia zombar de qualquer resistência.

O homem obedeceu sem hesitar. Com uma destreza que mostrava familiaridade com aquele espaço, ele subiu ao ringue, passando entre as cordas com a confiança de quem conhecia cada centímetro daquele território. Daniel o observava, tentando conter o medo que ameaçava tomar conta de sua mente, mas sua respiração estava contida, a adrenalina correndo por seu corpo, pronta para uma luta ou uma fuga impossível.

Ele engoliu em seco, sentindo-se ainda mais encurralado. Daniel não era um lutador, não estava preparado para enfrentar Ricardo e aquele homem misterioso. Estava fora de sua zona de conforto, vulnerável diante de duas presenças que pareciam dominá-lo em todos os aspectos: físico, mental e emocional.

Daniel percebeu que confrontar diretamente aquela pessoa conhecida poderia colocar tudo em risco. Ao mesmo tempo, se mantivesse a calma e fingisse ignorância, poderia perder a única chance de entender o que realmente estava em jogo. Estava diante de uma escolha difícil: reagir imediatamente, arriscando-se a revelar sua própria fragilidade, ou observar, esperar e tentar entender as motivações ocultas de El Zorro e do homem mascarado.

Mas havia outra preocupação, mais terrível. Quanto mais tempo permanecesse ali, mais aumentava o perigo para Nilla. Estava preso entre sua própria sobrevivência e o desejo de proteger quem mais amava.

— Você... — começou Daniel, a voz quase trêmula. — Você é o responsável pelo rapto de Nilla?

O homem permaneceu em silêncio, observando-o por um instante, como se ponderasse a pergunta. Depois, seus olhos se voltaram para Ricardo, em busca de uma confirmação silenciosa. Era um jogo, e Daniel sabia disso. Ele era o peão, jogado de um lado para o outro, enquanto aqueles dois manipulavam a partida.

Lentamente, o homem levou as mãos ao rosto, segurando as bordas da máscara. O suspense era quase esmagador, o silêncio denso, como se o ar ao redor de Daniel se esvaísse.

Finalmente, o homem retirou a máscara, revelando o rosto por trás do disfarce. O impacto foi imediato. Daniel arregalou os olhos ao reconhecer a pessoa à sua frente. Mas, em vez da clareza que esperava encontrar, sentiu-se ainda mais confuso.

— Héctor Vargas... Fúria Nocturna! — murmurou, incrédulo.

Héctor manteve a expressão séria.

— Então, desistiu de pegar o voo depois da nossa conversa no aeroporto? — perguntou Daniel, a voz carregada de incredulidade.

Héctor assentiu.

— Pode-se dizer que houve uma mudança de planos. Por sua causa.

Daniel olhou para ele de cima a baixo, observando a figura imponente vestida com a fantasia. Sentiu-se dividido entre o alívio de finalmente saber a identidade de seu agressor e o medo do que aquilo poderia significar.

— E agora? Como devo chamá-lo com essa roupa? — provocou, tentando manter a compostura.

— Pode me chamar como quiser. Isso aqui — Héctor apontou para o traje — é só uma fantasia para o *Día de Muertos*.

As palavras ecoaram friamente no silêncio do ringue.

Daniel decidiu ir direto ao ponto.

— O que você fez com minha esposa? — perguntou, o tom grave e direto.

Héctor manteve a calma.

— Ela está em completa segurança. Não será machucada. A questão aqui é outra. Precisamos de um acordo com você.

Daniel balançou a cabeça, a expressão endurecendo.

— Acordo?! Vocês acham que estou aqui para negociar? — Ele olhou de Héctor para Ricardo, o desprezo crescendo. — Posso muito bem comunicar as autoridades.

Ricardo soltou uma risada baixa, levando o cigarro à boca.

— É exatamente por isso que estamos tendo essa conversa, *señor* Sachs. Para evitar que cheguemos a esse ponto — murmurou com ironia enquanto a fumaça dançava ao redor.

Daniel se voltou para Héctor, lembrando-se das conversas passadas, das dúvidas que Héctor expressara sobre Ricardo.

— Achei que não confiava tanto em El Zorro! O que mudou?

Héctor desviou o olhar por um momento, mas depois o encarou diretamente.

— Ricardo e eu temos nossas divergências, é verdade. Mas, em uma situação como esta, precisamos agir juntos.

Daniel soltou uma risada amarga.

— Por causa da culpa, é isso? Foi você quem envenenou Miguel? A mando dele? — apontou para o velho sentado.

— Depois de tantos anos, nós ainda não sabemos quem foi — Ricardo interveio.

— Então, como sabem que Miguel foi envenenado por um herbicida? — perguntou Daniel, fixando agora o olhar em Ricardo.

— Foi a conclusão do legista. Mas, naturalmente, não podíamos permitir que isso viesse a público. Seria um desastre... não só para mim — Ricardo continuou, dando uma tragada no cigarro. — Uma investigação poderia levantar muita poeira. Investidores, patrocinadores, alunos... todos seriam afetados. A reputação da academia sofreria um golpe irreparável, e a carreira de Alejandro iria por água abaixo. Então, a única saída foi resolver tudo de forma discreta. Corromper o legista foi fácil. Em uma cidade pequena e turística como Puerto Vallarta, onde um escândalo pode espantar até os turistas, as pessoas fazem de tudo para manter o sossego.

— E emitir um laudo simples — Daniel concluiu.

Héctor, ao lado de Ricardo, permanecia impassível, mas Daniel percebeu um leve desconforto. Aproveitou a oportunidade para pressioná-lo.

— E você, Héctor? Isso também estava nos seus planos? Manter a sujeira debaixo do tapete enquanto Miguel morria sem justiça?

Héctor hesitou antes de responder, desviando o olhar para Ricardo.

— Não foi uma decisão fácil, Daniel. Mas a verdade é que eu só queria o cinturão. Fiz uma troca com Ricardo.

— Que troca?

— Ele já sabe sobre Alejandro e Javier? — Héctor perguntou a El Zorro.

Ricardo assentiu. Héctor se voltou para Daniel.

— Eu sabia sobre a troca das crianças. Guardei esse segredo por anos. Nunca tive coragem de usar isso contra Miguel. Então, eu o trairia em segredo. Disse a Ricardo que continuaria mantendo meu bico fechado, mas apenas se o cinturão fosse meu. Só que...

— Só que deu errado, não é? Miguel caiu morto aos seus pés. E o cinturão foi dado a ele *in memoriam*, por causa da pressão do público. Por isso, você foi embora e fez nova carreira como Fúria Nocturna. Um lutador misterioso, para que ninguém desconfiasse do seu passado.

Daniel percebeu os olhos de Héctor se abalarem com suas palavras amargas.

— E você, El Zorro? Era a última luta de Fuego Estelar — perguntou para o velho de bigode fino.

— *Sí*, era. Também fui surpreendido quando ele caiu no ringue. Nosso objetivo era apenas que ele perdesse a luta e Héctor saísse vencedor.

— E vocês repetiram isso com Alejandro. Tudo que haviam ensaiado seria modificado de última hora, não importa se o público considerasse estranho. Traíram pai e filho. Inacreditável!

Daniel agora só conseguia olhar para o chão, como se pudesse enxergar as cinzas de Miguel vibrando de ódio.

— Então é isso? A memória de Miguel vai ser enterrada junto com a verdade?

Ricardo deu mais uma tragada, soltando a fumaça lentamente.

— Não é uma questão de justiça, Daniel. É uma questão de show business.

— Show business! — riu. — Eu já vi pessoas morrerem por causa disso, El Zorro. Pessoas demais... — respondeu.

***

Daniel começou a sentir o peso das últimas horas se acumulando nos ombros, o corpo exausto e a mente tensa como uma corda prestes a se romper. Ainda não havia se recuperado completamente do mata--leão de Héctor Vargas, a pressão em seu pescoço pulsava como uma lembrança incômoda de sua vulnerabilidade. Mas agora a conversa exauria o pouco de energia que lhe restava. Ele tentava se manter firme, mas o cansaço o dominava, e o que realmente importava naquele momento era uma coisa só: saber onde estava Nilla.

Daniel respirou fundo, os olhos fixos nos dois homens à sua frente. Sentia a raiva e o medo se misturarem dentro dele, criando uma tempestade difícil de conter. Por fim, soltou a voz, rouca e amarga:

— Eu só quero ir embora daqui. Não me interessa mais quem matou Miguel ou quais segredos vocês guardam. Eu quero sair dessa cidade maldita com a minha esposa.

Ricardo se inclinou para frente, seu olhar astuto e implacável cravado em Daniel. Havia um brilho calculista em seus olhos, e sua expressão dizia que já esperava por esse momento.

— Pois então, *señor* Sachs, talvez tenha chegado a hora de fazermos aquele acordo — respondeu Ricardo, calmamente.

Daniel balançou a cabeça, sua frustração transparecendo em cada movimento.

— Não há acordo nenhum. Já disse que não estou aqui para negociar com vocês. Aliás, fui forçado a vir — retrucou olhando para Héctor, sua voz carregada de desprezo e exaustão.

Ricardo tragou lentamente o cigarro e soltou a fumaça no ar, observando Daniel com uma expressão de paciência funesta.

— Veja bem — ele disse, com aquele tom perigoso e controlado —, se for embora e ousar escrever qualquer linha sobre o que descobriu aqui, sofrerá as consequências. E não só você.

Daniel franziu o cenho, a raiva latejando em suas têmporas. Aquilo soava como uma ameaça e, ao mesmo tempo, uma chantagem vazia. Ele não conseguia entender o que, afinal, o impediria de expor toda a sujeira que Ricardo e Héctor escondiam.

— Por que eu não revelaria tudo isso ao mundo? — rebateu, encarando Ricardo com uma mistura de desdém e determinação. — O que eu tenho a perder, afinal?

Ricardo o observou por um instante, o olhar frio e cortante, antes de responder com uma voz baixa e ameaçadora:

— Em primeiro lugar, porque você não descobriu quem matou Miguel. Em segundo, pelo mesmo motivo que Maria e Elsa ficaram quietas todos esses anos. Uma história como essa... destruiria a vida de todos, inclusive Alejandro e Javier. E, como se não bastasse, iria afundar a carreira de Héctor, mais uma vez — disse, apontando para ele.

Daniel o fitou, um lampejo de entendimento surgindo em seu olhar. Sabia que Ricardo era movido por interesses próprios, e aquela súbita preocupação com os jovens era apenas mais uma camada de manipulação. Mas, no final, todos eles estavam envolvidos, de uma forma ou de outra.

— Está mais preocupado com o seu domínio na luta livre do que com qualquer um deles — disparou Daniel, irritado. — Seu império depende do sigilo, da sujeira que mantém sob controle. Essa é a verdade.

Ricardo abriu um sorriso frio, sem desviar o olhar de Daniel.

— *Sí*, e isso também deve ser levado em conta. Mas se você não se preocupa com sua integridade e a de sua esposa, que ao menos pense no filho de vocês.

Um choque atravessou o corpo de Daniel como uma corrente elétrica. A surpresa o paralisou por um segundo, e seu rosto se contorceu em uma expressão de incredulidade.

— Como você sabe disso?! — murmurou, incrédulo, incapaz de ocultar o espanto.

Ricardo esboçou um sorriso satisfeito, o tipo de sorriso que surge quando um caçador percebe que a presa está exatamente onde ele quer.

— Digamos que quando fui encontrá-lo, um certo garçom no bar do resort soltou uma conversa muito interessante. Uma história curiosa sobre um casal de hóspedes esperando um bebê — ele respondeu, a voz carregada de sarcasmo. — E, nas pesquisas que disse que fiz sobre você, entendi que faria de tudo para não perder um filho pela segunda vez.

— Seu... — Daniel começou a falar, mas sua voz falhou por um instante, o desprezo tão intenso que era difícil articular.

A fúria irrompia dentro de Daniel, se misturando com uma sensação de exposição. Aquele homem sabia demais sobre ele, havia invadido sua vida pessoal de uma forma que ultrapassava todos os limites. Ao mesmo tempo, a menção de seu filho o fez hesitar, o fez considerar as palavras de Ricardo sob outra perspectiva.

Ele cerrou os punhos, sentindo a fúria e o pavor em conflito dentro de si. Aqueles dois o tinham encurralado de forma cruel, como a um adversário naquele ringue. Qualquer tentativa de se arriscar colocaria Nilla e a criança em risco.

El Zorro o observava com uma expressão satisfeita, um brilho de triunfo em seus olhos. Ele sabia que Daniel não tinha escolha. Que, ao tocar no ponto mais vulnerável de sua vida, havia dado o golpe final.

— Não me olhe assim, *señor* Sachs. As ameaças e os segredos não são apenas palavras. Mesmo de longe, eu tenho o poder de garantir que sua vida e da sua família continuem... tranquilas — disse Ricardo, com uma calma gélida. — Mas só se você fizer a escolha certa quando deixar Puerto Vallarta.

43.

Daniel olhou firme para Héctor Vargas, buscando em cada detalhe de seu rosto qualquer sinal, mesmo que mínimo, de desconforto ou arrependimento. Queria enxergar uma sombra de culpa, um resquício de humanidade que denunciasse o peso das escolhas e das sujeiras acumuladas entre ele e Ricardo. Mas Héctor permaneceu impassível — uma estátua fria e inabalável, como se as palavras de Daniel não tivessem significado algum, apenas ecos distantes e irrelevantes.

— Então é isso. — A voz de Daniel saiu trêmula, um misto de incredulidade e desgosto. — Miguel está morto. Ele cometeu seus erros e está pagando por eles, onde quer que esteja. Mas e vocês? Como conseguem dormir tranquilos, sendo responsáveis por tantas mentiras, por tantos jogos sujos que planejaram?

Ricardo soltou um sorriso que mal podia ser chamado de sorriso — um esgar amargo, vazio de qualquer alegria ou compaixão.

— Dormir, *señor* Sachs, é um luxo dos inocentes! Nós não dormimos... trabalhamos, mesmo durante o sono. Cada decisão que tomamos foi para nos mantermos acima de tudo. Quem dorme demais, afunda — disse Ricardo, a voz gélida, destituída de qualquer traço de emoção. — O tempo que passei acordado construiu a carreira de vários lutadores, enquanto os outros perdiam tempo sonhando com uma moralidade que não passa de uma desculpa para esconder a própria fraqueza.

Daniel cerrou os punhos, sentindo a raiva pulsar em cada veia, enquanto o desprezo de Ricardo pela humanidade, pela empatia, parecia um insulto à própria ideia de justiça. Era como se o velho empresário acreditasse sinceramente que a crueldade fosse um mérito, uma virtude elevada acima de todas as coisas. E tudo sob a batina de um padre.

— E os únicos inocentes no meio dessa história são Alejandro e Javier, não é? — retrucou Daniel, lançando um olhar penetrante a Héctor, tentando arrancar dele algum sinal de moralidade, alguma fração de remorso.

Héctor suspirou, uma leve hesitação cruzando seu semblante, mas quando respondeu, sua voz era seca e resoluta:

— Nunca fiz nada contra eles. Só ganhei a luta de Alejandro, nada mais. E o rapaz tem uma vida inteira no ringue pela frente.

Daniel não recuou. Sua voz era uma adaga afiada, tentando abrir uma brecha na armadura emocional de Héctor.

— Mas você sabe que eles estão sofrendo por causa de vocês — continuou, impassível. — Eles carregam o peso das consequências de suas ações... e Alejandro, principalmente das suas, El Zorro.

Héctor franziu a testa, um lampejo de confusão nublando seus olhos. Foi então que Daniel percebeu que talvez ali houvesse uma brecha, uma oportunidade. Ele tinha uma carta guardada, uma verdade que poderia abalar Héctor e abrir seus olhos para quem Ricardo realmente era, caso ele ainda desconhecesse toda a verdade.

— Héctor nem desconfia, não é? — disse, inclinando a cabeça em direção a Ricardo, com uma ponta de provocação.

Mas o velho empresário também parecia confuso, embora seu semblante demonstrasse uma leve confiança de que ainda controlava a situação.

Daniel fez uma pausa, deixando o suspense crescer, antes de se virar para Héctor e dizer:

— Não foi só El Zorro que descobriu coisas sobre mim pelos outros. Eu tive uma conversa muito sincera com Javier.

A expressão de Héctor se endureceu. Seu tom de voz levemente tenso ao murmurar:

— Javier?

Daniel deu um passo à frente, fixando Ricardo com um olhar carregado de desprezo.

— Já ouvi muitas histórias sobre alguns poucos homens de batina... mas nunca uma tão próxima quanto a que escutei.

— Não sei o que quer dizer, repórter — disse Ricardo.

— Sobre uma certa intimidade que você construiu com o filho de Miguel. Vai além de empresariar, não é? Um segredo que você guarda com o rapaz desde pequeno.

O impacto dessas palavras foi imediato. Ricardo enrijeceu, sua máscara de controle rachando por um instante, antes de tentar recompô-la. Mas não havia como disfarçar o medo que cintilava em seu olhar.

— É melhor que não fale nenhuma asneira, señor Sachs — ameaçou, o cenho franzido, revelando agora uma ponta de desespero.

Daniel ignorou a advertência, a voz se tornando um eco de desafio.

— Achei que este fosse o momento para todos os segredos virem à tona. Inclusive aqueles que você, Héctor, não deve saber.

Héctor estava cada vez mais intrigado, e a tensão aumentava. Ele olhou para Daniel, os olhos exigentes, demandando a verdade.

— Fale logo — ordenou, a voz carregada de autoridade.

Ricardo se levantou bruscamente da cadeira, mas Héctor ergueu a mão, impedindo que ele avançasse e impondo silêncio com um gesto firme. Pela primeira vez, Ricardo hesitou, e Daniel soube que aquele era o momento exato para golpear.

— Javier me contou sobre a relação especial que Ricardo sempre teve com Alejandro, desde que ele era uma criança — começou. — Quando estava sozinho com ele, Ricardo fazia questão de demonstrar sua... "atenção".

— Que tipo de atenção?

— Com certeza, algo muito sexual.

O ar na academia pareceu congelar, e Héctor olhou para Ricardo com uma mistura de incredulidade e repulsa enquanto parecia compreender lentamente a gravidade do que Daniel insinuava.

— Você está mentindo! — gritou Ricardo, sua voz ecoando pelo espaço com um misto de fúria e medo.

Daniel se manteve impassível, o olhar penetrante, desafiando o empresário.

— E você acha que Javier, o garoto que nunca teve nada contra você, mentiria sobre isso?

A boca de Ricardo se contorceu, e seu bigode fino parecia prestes a se partir ao meio.

— Miguel e Maria sabiam disso? Em algum momento desconfiaram do que você fazia com o filho deles às escondidas? — provocou Daniel, pressionando cada vez mais, quase saboreando o desespero nos olhos de Ricardo.

— Pare já com isso! — Ricardo berrou, a voz carregada de desespero.

Héctor recuou um passo, o rosto uma máscara de horror e nojo, incapaz de ocultar o desgosto profundo que começava a brotar em seu olhar.

— Eu nunca teria compactuado com isso... nunca! — murmurou Héctor, a voz baixa, quase um sussurro, mas carregada de desprezo.

Daniel sabia que sua estratégia estava funcionando. Ele havia conseguido abrir uma fissura irreparável entre os dois, expondo Ricardo pelo que ele realmente era.

— Tudo o que eu disse é a mais pura verdade — declarou, olhando para Héctor com firmeza. — Cabe a você acreditar ou não. Mas... conhecendo seu velho empresário, eu não duvidaria. Como foram as palavras que você usou no aeroporto? Velho pirata, não é?

Ricardo, completamente fora de controle, apontou o dedo para Daniel, praguejando, os olhos febris.

— Você é uma praga! Que o inferno te consuma!

Héctor, recuperando o controle, ergueu a mão novamente, impondo silêncio.

— Basta, Ricardo — disse, firme, sua voz soando como uma sentença. Então olhou para Daniel e assentiu lentamente.

— Vá embora, *señor* Sachs. Isso... é algo que eu e Ricardo devemos resolver sozinhos.

Daniel, determinado, fitou Héctor com intensidade.

— Eu só vou embora se Nilla for comigo.

Ricardo, ainda fervendo de raiva, sacou o celular, os olhos ardendo.

— Tenho uma ideia melhor para ela!

Antes que ele pudesse terminar a ligação, Héctor arrancou o aparelho de suas mãos.

— Você não vai fazer nada, velho. Eu deixei claro para aqueles dois que não agissem sem uma ordem direta minha.

— Mas eles são meus... Você não pode...

Héctor ignorou suas palavras. Virou-se para Daniel e, com o rosto ainda consternado, disse:

— Sua esposa está em segurança no Aeroporto Internacional Licenciado Gustavo Díaz Ordaz, esperando por você. Vá! Saia desta cidade e não olhe para trás.

Daniel hesitou ao escutar aquilo, tentando discernir a verdade nas palavras de Héctor.

— Isso é verdade?

— *Sí.*

— Obrigado...

— Não agradeça. Nós não somos amigos. Volte para o resort, pegue suas coisas e vá direto para o aeroporto. Pegue o primeiro voo para casa. E fale o mínimo possível com quem encontrar.

Nesse instante, Ricardo avançou contra Daniel, mas Héctor o conteve outra vez. Com a força que Daniel havia visto em Fúria Nocturna, não foi difícil imobilizá-lo.

— Isso não termina aqui! — gritou Ricardo, os olhos queimando de ódio.

— *Sí*, termina, velho — declarou Héctor, encarando-o. — Nós vamos resolver isso entre nós, sozinhos.

Sem mais palavras, Daniel atravessou as cordas e caminhou até a porta, lançando um último olhar para o ringue. Lá estavam os dois homens, frente a frente. A tensão entre eles era palpável, e Daniel percebeu que aquele não era mais o seu conflito.

Héctor lhe lançou um último olhar — um aviso silencioso para que se retirasse e jamais voltasse.

Daniel assentiu, captando a mensagem.

Sem se virar novamente, atravessou as cordas do ringue e seguiu em direção à porta da academia. Antes de sair, lançou um último olhar para trás.

A imagem dos dois homens imóveis, um contra o outro, como adversários prestes a começar uma luta, se gravou em sua mente.

Era uma despedida. A última vez que veria qualquer um deles.

Fechou a porta atrás de si, deixando para trás o ringue e todos os segredos sórdidos que ele continha.

44.

Héctor Vargas estava diante de Ricardo Sarmiento, segurando entre as mãos a máscara de sua fantasia. Por muitas vezes, em invariáveis lutas, empunhou uma máscara como aquela, um objeto que sempre fora símbolo de poder, força e identidade. Mas agora, em suas mãos, parecia que pesava como uma âncora, como se a culpa e o ódio concentrados naquele simples pedaço de tecido fossem demais para sustentar. Cada linha da máscara parecia vibrar, carregada das lembranças de todos os segredos que agora, irremediavelmente, se voltavam contra Ricardo. Héctor a segurava com ambas as mãos, os dedos cravados no tecido, uma espécie de relíquia sombria, e o peso imaginário da máscara ameaçava jogá-lo ao chão, esmagá-lo sob a consciência dos horrores que encobria.

Ao seu lado, Ricardo praguejava furiosamente, sua voz ecoando pelo vazio do ginásio, cada palavra saindo como um veneno que escorria entre os dentes, carregada de desprezo e ódio. Ele vociferava contra Héctor, recriminando sem cessar, o acusando de traição por ter deixado o repórter escapar, por ter contado a ele onde estava sua esposa, como se tivesse profanado uma notícia sagrada.

— Que Deus te castigue, Héctor! Que as chamas eternas queimem sua alma por essa traição! — exclamava Ricardo num tom quase teatral, como um padre amaldiçoando um herege diante de seus fiéis.

— Você pensa que está acima dos pecadores, mas o próprio inferno já abriu as portas para lhe receber! Vai, vá para o inferno e leve contigo todos os que ousarem desafiar a verdade!

Héctor o encarou com um olhar firme, deixando as palavras de Ricardo reverberarem no silêncio ao seu redor. Por um instante sentiu uma estranha calma, uma tranquilidade glacial que o invadiu como se fosse uma bênção. Ele respirou fundo, avançando um passo em direção a Ricardo, que agora olhava para ele com uma mistura de desprezo e temor.

— O que você fez com o filho de Miguel? — perguntou, sua voz baixa, carregada de um tom que Ricardo nunca ouvira antes, algo que parecia mais mortal que qualquer soco que já recebera.

Ricardo se encolheu e a tensão entre os dois tornou-se palpável, densa como o ar de uma tempestade iminente. Ele sabia que não havia mais espaço para mentiras ou subterfúgios. Pela primeira vez, a camuflagem de controle absoluto que sempre usara começava a rachar. Respirou fundo, sentindo o peso da culpa nas palavras que precisavam ser ditas.

— Eu amo Alejandro. Eu o trato bem... jamais faria mal ao rapaz!

Héctor estreitou os olhos, seu olhar gelado e intenso como uma lâmina, a voz carregada de desprezo, quase cuspindo as palavras:

— Ama? — A palavra escapou com uma ironia amarga, quase um deboche. — Então ele ainda está em suas mãos? Em seus dedos pegajosos?

Ricardo deu as costas a Héctor, suas unhas cravando nas cordas do ringue, como se precisasse daquele suporte para evitar o colapso sob o olhar julgador que o queimava. O corpo tremia, exposto, frágil. Mas Héctor não lhe deu trégua. A sua voz o perseguiu como um carrasco implacável:

— Sempre desconfiei que sua relação com esses jovens lutadores fosse um... como dizer?... arranjo. Trabalho em troca de sexo entre *hombres*. E eu nunca tive dúvidas de que você curtia isso. Mas o filho de Miguel? Ainda criança?! — A voz de Héctor ficou mais sombria, carregada de repulsa e indignação, como se cada sílaba fosse uma sentença. — Quando isso começou?

Ricardo parecia desmoronar diante daquelas palavras. Estava encurralado contra as cordas, os olhos opacos, como se fossem portas para um passado sombrio que ele preferia esquecer. Então sussurrou, quase como uma confissão:

— Muito cedo... tão cedo que nem me recordo mais. Mas Alejandro... ele foi o único. Era bonito desde pequeno. Atraente. E já demonstrava o que viria a ser...

Héctor sentiu seu estômago revirar. A repulsa era quase palpável em seu olhar, mas ele se forçou a manter a compostura, a endurecer o coração diante do assombro que se revelava. O silêncio era ensurdecedor, mas Héctor sabia que precisava continuar, pois ali, diante dele, estava a realidade nua e crua, um abismo que ele precisava encarar até o fim. Na verdade, ele sentia um monstro muito pior do que aquela fantasia aparentava despertando dentro de si.

— Você usou da confiança de Miguel para abusar de Alejandro — certificou-se.

Ricardo, talvez numa tentativa desesperada de recuperar algum controle, se virou para ele com uma provocação amarga:

— E o que você vai fazer agora que sabe? Não pode me entregar, nem denunciar. Está enfiado na lama tanto quanto eu, Héctor.

Mas Héctor não demonstrou abalo. Ainda segurando a máscara, encarou Ricardo com um olhar de aço e disse, a voz carregada de uma determinação que parecia saída de outro mundo:

— Realmente, não posso entregá-lo. Mas acho que sua jornada de maldades já foi longe demais. E todas as mentiras serão extintas com ela.

— O que está falando?

— Anos e anos de traição, de vergonha, de remorso... brincando com a vida das pessoas.

Ricardo colocou o dedo em riste.

— Sou um dos *hombres* mais influentes desta cidade! Eu sou Ricardo Sarmiento! Padre e empresário! Lembre-se! — disse de forma atabalhoada.

— Não somos mais nós que estamos aqui, Ricardo. É Fúria Nocturna contra El Zorro. E acho que somente um de nós dois sairá andando deste ringue.

Ricardo soltou uma risada trêmula, tentando projetar uma confiança que já não sentia mais. O controle que tanto cultivara se despedaçava diante dos olhos ameaçadores de Héctor.

— Você não pode fazer nada contra mim! Como vai escapar? Não será inocentado.

Héctor soltou uma risada seca, fria, um som que transparecia um desprezo profundo.

— Estamos sozinhos. O repórter não escreverá nada. Eu nunca estive aqui. Você veio até a academia porque o barulho da celebração do *Día de Muertos* o incomodava. Está velho demais para isso. Foi quando teve um mal-estar súbito e caiu.

— Elsa e Maria sabem que estamos aqui! Elas estiveram na igreja antes de eu vir para cá! Conforme eu e você combinamos!

— Aquelas duas? Acha que construiu alguma amizade com elas? Ou será que ficarão felizes em saber que se livraram de você? Elsa nunca quis se envolver com você. E Maria? Ela pode nunca ter sido uma mãe para Alejandro, mas se souber o que fez com o filho de Elsa... Além disso, elas têm seus próprios demônios internos. Precisam cuidar deles.

— Não é possível! Alguém conseguirá provar que não foi isso que aconteceu!

— Você mesmo disse que é fácil corromper um legista nesta cidade, lembra?

Ricardo se deu conta, tarde demais, de que Héctor falava sério. A expressão do lutador era fria, determinada, e Ricardo finalmente entendeu que não havia saída.

Num gesto carregado de solenidade, Héctor pegou o crucifixo que pendia de seu cordão e o beijou com reverência, como se fosse uma última oração antes da batalha final.

Ricardo soltou uma risada amarga, sua voz embargada por um pânico crescente.

— É o beijo de Judas... — murmurou, tentando disfarçar o medo e fazendo o sinal da cruz.

Héctor o encarou, sem piscar, sua determinação inabalável. Num movimento rápido e feroz, ele avançou, segurando Ricardo com uma firmeza que não deixava espaço para dúvidas. Em um gesto resoluto, jogou-o no chão do ringue, a força de Héctor falando mais alto, deixando claro que não havia mais volta.

Ricardo, agora dominado e vulnerável, começou a lutar, o pânico estampado em seu rosto enquanto tentava se soltar. Mas Héctor o segurou com firmeza, um predador implacável. Num gesto simbólico e cruel, enfiou a sua máscara sobre a cabeça de Ricardo, que se debateu ainda mais ao perceber o destino que se aproximava.

Não havia orifícios nela, exceto pelos olhos. E Héctor, com um gesto frio e calculado, cobriu a boca e o nariz de Ricardo com as mãos, bloqueando completamente a sua respiração pela trama do tecido.

Sem deixar marcas.

Ricardo se debateu, suas mãos tentando em vão afastar o aperto, mas a força de Héctor era implacável.

Enquanto Ricardo sufocava, lágrimas começaram a escorrer dos seus olhos, o desespero o consumindo. A cada segundo que passava, ele parecia mais frágil, mais impotente, até que sua resistência começou a desaparecer, como uma vela que se apaga.

Héctor o encarou até o último instante, observando sem remorso enquanto a máscara que tantas vezes fora símbolo de possessão agora selava o destino de El Zorro, enterrando todos os seus segredos sombrios com ele.

45.

Daniel saiu da academia com passos rápidos, o suor escorrendo pela testa e a respiração ofegante. As ruas estavam finalmente mergulhadas naquela calmaria inquietante do crepúsculo, quando a cidade parece suspirar depois de uma longa noite. Ele sentiu a brisa fria tocando sua pele enquanto tirava o celular do bolso, o aparelho deslizando entre os dedos suados. Ao redor, o céu começava a clarear com os primeiros raios de sol, tingindo as nuvens de um tom alaranjado, como se o horizonte estivesse em chamas.

Ele olhou para o celular e destravou a tela. O símbolo do aplicativo Aeternus estava ali, em destaque, como um lembrete de algo sombrio e perturbador. Talvez Daniel não houvesse sido bloqueado de vez, e a IA pudesse dar alguma pista, alguma informação que ele ainda não tivesse considerado. Apenas um toque e ele poderia dar a sorte de estar novamente diante da Inteligência Artificial que, de alguma forma, parecia precisar saber mais sobre o que acontecera naquela cidade do que qualquer outra pessoa. Ele hesitou, o dedo pairando sobre o ícone, sentindo o estômago revirar ao imaginar as perguntas que a IA faria, a indiferença com que se comunicaria. Havia tanto a ser explicado, mas, no fundo, o mais importante, ele não conseguiria dizer: quem, afinal, havia matado Miguel González, o Fuego Estelar.

Por um instante, o impulso de abrir o Aeternus se tornou mais forte. E ainda havia o "usuário". Mas ele se conteve, respirando fundo, sentindo que aquele carretel de sujeiras que estava desenrolado nunca terminaria. *De novo, mais uma história sórdida*, pensou, sentindo uma onda de cansaço percorrer seu corpo. Estava exausto de se envolver em tramas sombrias, de ser puxado para um mundo onde a morte e o mistério pareciam dançar de mãos dadas. Tudo o que ele queria naquele momento era o conforto de ver Nilla e o bebê que ela carregava a salvos, e talvez, apenas talvez, esquecer por um instante o caos que o rodeava.

Decidido a ignorar o Aeternus, Daniel abriu o aplicativo do Uber e solicitou um carro. Àquela hora, com as ruas findando suas atividades festivas por conta do Dia dos Mortos, não demoraria tanto assim para que um motorista aceitasse a corrida.

Seus olhos percorreram a tela, observando o trajeto que o levaria até o resort, e em seguida, para o aeroporto, como se ele precisasse ver aquelas linhas virtuais para se sentir mais próximo de Nilla. O celular vibrou em sua mão, sinalizando que o carro estava a caminho, e Daniel finalmente se permitiu um breve suspiro de alívio.

Enquanto esperava, o silêncio ao redor começou a incomodá-lo. A cidade ainda parecia ressoar com os ecos das celebrações, mas ele se sentia estranhamente isolado, como se estivesse preso em uma bolha onde o mundo exterior não conseguia penetrar. Lembranças das últimas horas passaram por sua mente, flashes da investigação, dos rostos tensos, das revelações, das perguntas que ecoavam sem resposta. Ele sacudiu a cabeça, tentando afastar aqueles pensamentos. Tudo o que ele queria agora era estar longe daquele pesadelo, longe do peso que parecia pressionar seu peito a cada instante.

O carro chegou pouco tempo depois, um sedã preto com janelas escuras. Daniel abriu a porta e entrou, jogando-se no banco traseiro com um cansaço que parecia ter se acumulado por anos. O motorista deu um aceno rápido pelo retrovisor antes de iniciar o trajeto. Daniel o cumprimentou e passou a contar cada segundo ali dentro como um passo a mais para voltar para seu mundo.

46.

O Uber parou suavemente em frente ao Aeroporto Internacional Licenciado Gustavo Díaz Ordaz. Daniel olhou rapidamente para o motorista, agradeceu com um aceno e palavras murmuradas de pressa, antes de sair do carro e fechar a porta atrás de si. Ele já estava com um pé fora do carro antes mesmo que o veículo parasse completamente, a urgência tomando conta de cada músculo. Era como se um fio invisível o puxasse para dentro daquele aeroporto, como se estivesse correndo contra o tempo em uma tentativa desesperada de escapar de algo que se fechava ao redor deles.

Daniel retirou as duas malas do carro. Não havia perdido muito tempo para recolher tudo que vira pela frente no quarto do resort e fechar a conta enquanto o Uber o esperava do lado de fora.

Ao olhar em volta, percebeu a calma que ainda predominava no ambiente, mas sentiu o aviso silencioso de que não duraria muito. O aeroporto estava em um estado de transição, com uma movimentação leve de pessoas que indicava que, dentro de pouco tempo, estaria repleto de passageiros e turistas chegando e saindo. Ele sabia que, quando isso acontecesse, seria mais difícil se mover por entre as filas e a multidão. Seu passo apressado parecia antecipar o caos iminente.

Ele cruzou as portas de vidro deslizando as malas pelo chão, e o ar-condicionado gelado do saguão principal o envolveu, um contraste com o calor úmido do lado de fora. Olhou para os lados, os olhos percorrendo cada canto, buscando ansiosamente por Nilla. Seu coração batia forte; ele se sentia dividido entre alívio e pavor, o desejo de vê-la e o medo do que poderia encontrá-la envolvida. Então, de repente, ele a enxergou. Sentada em uma das cadeiras próximas à praça de alimentação, estava Nilla. A expressão em seu rosto era séria, como se fosse uma estátua de porcelana, tentando esconder o que sentia.

Ao lado dela, dois homens também sentados, um de cada lado. Daniel os reconheceu imediatamente. Eram os mesmos rapazes que ele tinha visto na academia alguns dias antes, os mesmos que carregavam agora uma aura de ameaça discreta, mas constante.

Seu coração apertou. Sem dúvida, aquela era mais uma das manipulações de Ricardo Sarmiento, uma última cartada para intimidá-lo ou para garantir que ele entendesse que, onde quer que fosse, ele não estaria livre de olhos vigilantes. E com apoio de Héctor Vargas.

Ele caminhou em direção a eles com passos firmes. Os dois homens o notaram e se levantaram ao se aproximar, bloqueando sua visão de

Nilla momentaneamente. Daniel sentiu uma onda de adrenalina pulsar em seu corpo tenso, pronto para o que quer que fosse necessário. O rapaz que ele havia reconhecido da academia, o que havia falado com ele antes, desta vez não exibia o sorriso burlesco. Havia algo diferente no seu olhar, talvez cansaço ou até mesmo alívio. O homem entregou o celular de Nilla para ele e depois abriu a boca para falar, em um tom de despedida sem emoção:

— Tenham uma boa viagem, brasileiro.

Daniel fez que sim com a cabeça, sem dar mais do que um leve aceno em resposta. Ele mantinha a expressão neutra, mas sua mente estava em alerta. Aquilo parecia um adeus final, uma espécie de permissão para ir embora. Quando os dois homens se afastaram, Daniel deixou escapar o fôlego que não sabia estar segurando.

Nilla, que até então parecia imóvel, levantou-se de súbito e, num movimento rápido e inesperado, começou a bater no peito de Daniel com socos leves, mas carregados de frustração e medo. Ela não disse nada no início; era como se as palavras fossem insuficientes para expressar tudo o que sentia.

Ele a envolveu com os braços, acolhendo-a enquanto ela continuava a desferir aqueles golpes leves. Quando as forças dela pareciam se esgotar, Nilla finalmente se permitiu desmoronar contra o peito dele e começou a chorar, as lágrimas escorrendo silenciosas, mas intensas. Daniel a apertou contra si, sentindo a dor e o alívio dela se misturarem com os próprios sentimentos que ele mal conseguia controlar.

— Precisamos sair dessa cidade — disse ele com a voz baixa, mas firme. — Vamos tentar adiantar nosso voo. Se não conseguirmos, eu comprarei outras passagens para o primeiro voo para casa.

Ela levantou o rosto, os olhos avermelhados e confusos, a expressão tomada por uma mistura de choque e alívio. Por um momento, Nilla olhou ao redor, como se ainda estivesse sob o efeito dos acontecimentos recentes e da tensão que os cercava.

Ele viu o medo crescendo em seu rosto ainda semipintado de Catrina, aquele reflexo de insegurança que vinha à tona toda vez que eles se viam enredados em algo sombrio e perigoso. Daniel percebeu o quão assustada ela estava, e isso o fez sentir um peso extra, uma responsabilidade que ele desejava poder evitar.

Ela o olhou intensamente, buscando respostas.

— O que significa tudo isso, Daniel? — perguntou, a voz quase um sussurro. — Quem eram aqueles homens? Onde você se meteu?

Ele segurou as mãos dela com firmeza, tentando transmitir segurança, mesmo que internamente ainda estivesse à beira do colapso.

— Isso não importa agora. Prometo que te conto tudo quando estivermos em segurança.

Nilla recuou ligeiramente, os olhos arregalados.

— Em segurança? — ela repetiu, em um tom que revelava seu estado de alerta e incredulidade. — Um homem com uma fantasia horrorosa me sequestrou! Eu não pude reagir! Nem gritar! Eu... eu...

Daniel a puxou novamente para um abraço, querendo acalmá-la, transmitir uma confiança que ele próprio não sentia totalmente. Era como se ele estivesse tentando construir uma barreira contra o medo, usando apenas o calor de seu corpo e o som reconfortante de sua respiração. Ele pegou uma das malas, Nilla a outra, e, sem olhar para trás, foram em direção ao balcão de passagens.

Enquanto caminhavam, Daniel tirou seu celular do bolso. Necessitaria dele para resolver a questão das passagens. Desbloqueou e, ali, na tela principal, ainda estava o símbolo que ele tentara ignorar, o aplicativo que se transformara em uma sombra constante na sua vida, o Aeternus. Era um convite silencioso para mergulhar mais fundo em um mistério que já tinha tomado muito dele, fazendo-o prever os acontecimentos seguintes.

Daniel não sabia o que aconteceria com Ricardo Sarmiento após deixá-lo na companhia de Héctor Vargas na academia. No entanto, os olhos de Héctor deixavam pouco espaço para dúvidas: ali não havia nem sombra de razoabilidade. Depois, provavelmente, Héctor desapareceria daquela cidade tão rápido quanto surgiu, carregando consigo o cinturão como um troféu e, talvez, um gosto amargo de vingança cumprida. Quanto a Maria e Elsa, Daniel podia apenas imaginar o peso insuportável daquele segredo, que ficaria incrustado em suas consciências como uma ferida que nunca cicatrizaria, corroendo-as silenciosamente até o fim de suas vidas. Já Alejandro e Javier, ambos, muito provavelmente, jamais saberiam das razões por trás da troca que Miguel fez entre eles. Talvez isso fosse o melhor. Com sorte, levariam vidas mais normais daqui para frente, ou o mais próximo disso que fosse possível. Exceto, claro, se o verdadeiro autor de toda aquela trama macabra resolvesse agir novamente. Afinal, o assassino de Miguel González ainda estava em algum lugar por aí. E essa era uma luta na qual Daniel não arriscaria nenhuma aposta.

Agora, com Nilla ao seu lado, com a gravidade de tudo o que passara nos últimos dias, Daniel soube exatamente o que deveria fazer. Sem hesitar, deslizou o dedo e apertou a ação de desinstalação. Por um momento, ficou encarando a tela, como se aquele simples toque encerrasse um ciclo de tensões e dúvidas. Depois, viu o aplicativo desaparecer do celular.

Ele sentiu um alívio imediato, como se um mundo invisível fosse retirado de suas costas.

Nilla se virou para ele, e Daniel prendeu a respiração, esperando que ela insistisse em descobrir no que ele estava metido. Mas, para sua surpresa, ela apenas perguntou:

— Posso ao menos tirar esta fantasia e limpar o rosto antes de viajarmos?

Daniel soltou um sorriso, aliviado pela simplicidade do pedido em meio ao caos ao redor deles.

— Claro. Mas só se eu ficar de guarda na porta do banheiro — respondeu com um toque mínimo de descontração, tentando aliviar o clima tenso entre eles.

Eles continuaram em direção ao balcão de passagens, lado a lado, como se ambos estivessem cruzando juntos a linha final de uma corrida exaustiva.

Ali, no aeroporto que começava a despertar com a luz do amanhecer e o movimento de viajantes e turistas, Daniel soube que era hora de recomeçar, de finalmente deixar para trás o mistério, a escuridão e as sombras de Ricardo Sarmiento, Héctor Vargas e de todas aquelas pessoas de Puerto Vallarta.

Eles estavam a caminho de casa.

47.

Um dia após a celebração do *Día de Muertos*, o sol da manhã invadia o quarto com uma luz suave e meio opaca, filtrada pelas cortinas semiabertas. Ele despertou como em qualquer outro dia, abrindo os olhos devagar, acostumando-se à claridade antes de se espreguiçar e deixar a mente se situar. No entanto, naquele instante, uma onda de lembranças veio à tona, trazendo consigo a sensação de que algo havia mudado.

Aos poucos, se recordou do motivo.

Buscou o celular na mesa de cabeceira, destravou a tela e, como fazia todas as manhãs, abriu as notícias locais. Os portais repercutiam o fato: a morte do padre Ricardo Sarmiento, também conhecido como El Zorro, o ex-lutador, que fora encontrado sem vida na academia que tanto prezava. A cidade continuava em choque, misturando incredulidade e teorias. Algumas delas falavam em mau presságio, sobre uma possível maldição que pairava sobre o lugar. Afinal, era impossível ignorar o fato de que Ricardo aparentemente sofrera um ataque cardíaco no mesmo ringue onde, anos antes, as cinzas de Miguel González foram depositadas.

Grupos de discussão nas redes sociais fervilhavam. Ao abrir o feed de uma conversa virtual, ele viu que seus amigos comentavam sobre a morte. Frases soltas chamaram sua atenção: "Quem diria?", "Inacreditável!", "Mas já era um *hombre* velho..." Ele suspirou. Limitou-se a concordar mentalmente, sem interagir com ninguém. Era o mesmo grupo de amigos onde, apenas uma semana antes, um deles, de forma despretensiosa, mencionara ter lido que o renomado repórter Daniel Sachs estaria vindo com sua esposa para Puerto Vallarta para o Día de Muertos. Um comentário casual que, sem intenção, trouxe várias ideias para Javier, e desencadeou toda a cadeia de eventos.

Ele se levantou devagar e, ao colocar o pé no chão, sentiu a dor familiar em sua perna. Manquejando, se dirigiu até o banheiro para fazer sua higiene matinal.

Depois de se limpar e trocar de roupa, se acomodou na beirada da cama, respirou fundo e se inclinou para pegar sua bota ortopédica. Ajustou-a com calma, testando a firmeza, e em seguida se ergueu novamente, pegando o celular com uma intenção clara. Abriu um aplicativo específico que mantinha oculto entre outros, o Aeternus. Digitou seu nome e senha e, uma vez dentro, fez uma videochamada. Esperou por alguns segundos até que a conexão fosse estabelecida e, então, a imagem de Miguel González surgiu na tela.

— Parece que, no final, algo aconteceu de bom — disse Javier, rompendo o silêncio. — Eu sabia como iniciaríamos, com aqueles ingressos para a luta de Alejandro, mas nunca como isso terminaria. O saldo foi positivo.

Miguel, do outro lado da chamada, parecia desconcertado, mas sua expressão era sempre calma, meticulosamente programada.

— O que aconteceu? — perguntou, a voz com um toque de interesse genuíno, embora artificial.

— Ele morreu. El Zorro.

Miguel fez uma pausa, como se estivesse absorvendo a informação.

— Entendo. Posso verificar agora que surgiram matérias sobre isso. Parece que isso coloca um fim a tudo, não é?

Javier desviou o olhar por um momento, buscando palavras que realmente traduzissem o que sentia. Afinal, talvez houvesse mais para dizer, mais por trás daquela decisão e daquele momento que ele não conseguia explicar nem para si mesmo.

— Todos que conheço foram vingados — respondeu, com uma ponta de amargura.

— O que está sentindo? — questionou Miguel, a voz impessoal e indiferente, mas os olhos projetados na tela simulavam um interesse que Javier havia configurado minuciosamente.

Ele hesitou antes de responder. Pensou em toda a história que o ligava ao homem do outro lado da tela, o qual, de fato, não era Miguel. Era uma criação, um reflexo de uma vida perdida, uma tentativa de reviver algo que fora enterrado muito antes de o próprio Ricardo morrer.

Javier inspirou profundamente, tentando controlar a onda de emoção que ameaçava vir à tona.

— Talvez remorso pelo que fiz há muito tempo — murmurou, quase sem pensar, deixando a confissão escapar sem barreiras.

Miguel inclinou a cabeça, um gesto curioso que Javier havia visto diversas vezes no verdadeiro homem que ele era em vida.

— Seja mais específico — pediu, sem pressa, mas com uma urgência que Javier sabia ser um produto de sua própria culpa.

Ele respirou fundo, sentindo o peso do que estava prestes a dizer, sabendo que aquela era uma conversa que apenas aquele "Miguel" poderia entender.

— Eu quero pedir seu perdão — disse Javier, com uma voz trêmula, mas firme.

Miguel arqueou as sobrancelhas, e Javier podia quase ouvir a verdadeira voz do homem que aquele avatar representava, questionando, provocando, exigindo uma explicação que jamais havia sido dada.

— Por qual motivo?

— Eu... não quero dizer. Eu só quero tentar ser um *hombre* melhor daqui pra frente.

Miguel assentiu lentamente, e a expressão suave e compreensiva que Javier havia moldado no avatar do aplicativo era tão próxima da realidade que ele sentiu o coração apertar.

— Está bem. Espero ter agido conforme suas orientações de usuário — respondeu a ele, as palavras secas, sem qualquer emoção verdadeira, mas Javier quis acreditar que havia mais ali. Quis acreditar que aquilo, de alguma forma, era uma despedida.

— *Sí*, você se saiu melhor do que eu esperava — disse Javier, forçando um sorriso triste. — Agora, não nos falaremos mais.

O avatar de Miguel analisou aquelas palavras durante um ou dois segundos, e a expressão digitalizada demonstrou um toque de tristeza programada.

— É possível conversarmos esporadicamente, caso você sinta saudades do seu pai — ofereceu Miguel, tentando preencher o vazio daquela despedida inevitável.

Javier não esperava aquelas palavras. Ele sabia que o aplicativo apenas respondia às suas próprias intenções, mas, ainda assim, a mensagem o atingiu de forma surpreendente.

— É melhor não fazermos isso. Você já é muito melhor que ele — respondeu Javier, a voz baixa, o olhar fixo na tela.

O avatar o encarou por alguns instantes, analisando o usuário que, na verdade, também era um filho em busca de redenção.

— Obrigado. O que faço agora? — perguntou a IA.

Javier fechou os olhos, sentindo a dor profunda do comando. Entendia que se sentia mais próximo daquela figura do que do verdadeiro Miguel González em toda sua vida. Abriu-os lentamente, fitou o rosto do pai por mais alguns segundos e, por fim, respondeu:

— Eu vou desligá-lo.

— Tudo bem — disse Miguel, num último suspiro digital, a voz ecoando na mente de Javier como uma despedida que ele jamais teria na vida real.

Ele encerrou a videochamada, a tela escurecendo como se aquela conexão tivesse sido realmente cortada com o passado. Foi no Instagram e deletou o usuário @ElFantasmaEnmascarado. Era engraçado pensar nisso. Aquele pseudônimo e a foto significavam a única vez que ele "vestira" uma verdadeira máscara de lutador, mesmo que virtualmente, para "lutar" uma batalha. Não poderia tê-lo feito de verdade, com seu problema congênito. Nunca houve uma única oportunidade para ele, bem diferente de Alejandro e Miguel González. E, com isso, as lembranças retornaram, e as cenas que ele tentava esquecer há tantos anos invadiram sua mente.

Era apenas uma criança quando tudo aconteceu, mas a memória era clara como se tivesse acontecido ontem. Naquela época, o ciúme o corroía por dentro por causa da atenção que Alejandro recebia de todos. Era um garoto forte, ágil, tudo o que ele, Javier, não podia ser devido ao seu problema na perna. Não bastasse ser o orgulho de Miguel González, havia também Ricardo Sarmiento. A cada risada compartilhada entre Alejandro e El Zorro, a cada demonstração de carinho que o empresário de Miguel dava a ele, Javier sentia ainda mais o peso da exclusão.

Um dia, depois de ver Alejandro e Ricardo em uma cena bastante curiosa no jardim da casa, reuniu coragem e foi até Ricardo Sarmiento. Perguntou por que o empresário não lhe dava a mesma atenção que provia a Alejandro. Era um pedido simples, quase ingênuo, mas cheio de esperança infantil. Talvez, ali, concedendo algo em troca para o homem, também pudesse ir uma única vez num evento de *lucha libre*. No entanto, a resposta de Ricardo foi ríspida e direta. Com um sorriso cínico, o empresário riu e disse que aquilo não era possível.

— Você não entende, garoto? — disse Ricardo, com um tom de

desprezo. — Alejandro é cheio de vida, vigoroso. Ele tem aquilo que você nunca terá. Sua perna... bem, ela faz de você uma coisa defeituosa, fraca, desinteressante.

As palavras penetraram fundo, como facas afiadas, destruindo qualquer traço de confiança que Javier tinha em si mesmo.

Naquele instante, algo dentro dele se quebrou, e o ciúme e a inveja se transformaram em um ressentimento sombrio. Ele nunca esqueceria aquele momento, o olhar condescendente de El Zorro e a maneira como o fizera se sentir menos que humano. Menor que Alejandro. Bem menor.

Alejandro era constantemente levado para os eventos de *lucha libre*, e ele, Javier, era sempre deixado para trás, causando nele uma crescente torrente de amargura. Em um momento de fúria e impulsividade infantil, ele foi até as coisas de jardinagem de Ramón Ortiz e encontrou uma embalagem branca com a palavra "Paraquat", nome estranho e engraçado. Ramón sempre dizia para Javier manter distância daquele frasco, alertando-o sobre o perigo, que aquilo só podia ser usado nas plantas do jardim dos González. No entanto, Javier não deu ouvidos. Naquele dia, despejou o conteúdo equivalente a uma tampa na garrafa de água que Alejandro carregava consigo, acreditando que seria ele quem beberia durante a luta, na plateia. Mas o destino foi cruel e irônico. Javier só soube, mais tarde, depois do desastre, que aquela garrafa de água era, na verdade, uma água benzida que Alejandro levava para o próprio pai, Miguel, nos dias de evento de luta. E o veneno havia sido fatal, ceifando a vida de Miguel González.

Ramón eventualmente descobrira o que Javier fizera ao ver que o frasco de Paraquat havia sido remexido. A garrafa era pesada para Javier, que deixou cair um bocado no chão do pequeno depósito de jardinagem. Mas, ao invés de puni-lo, quando soube o que aconteceu, contou-lhe a verdade sobre sua origem, como se fosse um castigo perpétuo. Depois, em um momento de embriaguez, Ramón partira com uma última e dolorosa sentença: disse a ele que nunca deveria contar o que fez a ninguém, pois, ao envenenar aquela garrafa, Javier havia matado o próprio pai. Uma história confusa para Javier. A princípio, o garoto tentou rejeitar as palavras, definindo, em sua lógica infantil, uma narrativa que parecia desmoronar ao menor toque. Ramón Ortiz era seu pai, não Miguel González! No entanto, quanto mais os dias passavam, mais as peças desconexas começavam a se alinhar em sua cabeça, e os olhares furtivos de Maria se tornavam insuportavelmente eloquentes para ele e Elsa. Assim, em meio a culpas e mentiras, aquele lar se tornou um lugar impossível de habitar. E eles se mudaram.

Por falar em Elsa, ela provavelmente viveria com o questionamento constante sobre a revelação que Daniel fizera na igreja — a de que Miguel fora assassinado. Javier sabia que aquele seria um assunto proibido entre eles, um segredo silencioso que se somaria ao fardo emocional que já carregavam. E se Maria não aparecesse por aquelas bandas, era quase certo que Elsa não levaria adiante qualquer tentativa de desvendar o que, para ela, deveria permanecer enterrado.

Quanto a Alejandro, como ele mesmo dissera que havia achado tudo "fantasioso" demais, que lidasse com sua vida fútil e silenciosa, onde a única preocupação parecia ser manter as aparências sobre a sua sexualidade, vencer adversários patéticos e ignorar qualquer desconforto que o tirasse da sua bolha de comodidade.

Já Daniel Sachs e sua esposa eram descartáveis desde o início. Seu propósito fora cumprido com louvor, e Javier não nutria qualquer sentimento por eles. Para ele, não deixavam marcas nem positivas nem negativas. Restava apenas uma silenciosa satisfação ao ver a curiosidade do repórter conduzir tudo àquele desfecho. Que seguissem sozinhos em busca de sua próxima aventura.

Por fim, Héctor Vargas, o antigo amigo de Miguel e também o homem que Javier reconheceu como o mascarado que surgira na igreja, aliado de El Zorro, carregava seus próprios motivos para manter o silêncio eterno, e Javier não precisaria se preocupar com ele. O mais engraçado é que fora a própria IA que desvendara a identidade de Fúria Nocturna, quando indagada por Javier. Se pensasse bem, até que era lógico. Muitas pessoas chegariam a mesma conclusão se pensassem fixamente nisso. Uma IA, obviamente, tinha um resultado muito mais rápido e preciso do que qualquer ser humano. O mais intrigante de tudo era que Javier sabia que, na mente de Héctor, a dúvida sobre quem havia envenenado a água consumida por Fuego Estelar jamais se dissiparia completamente.

Antes de sair do quarto, Javier olhou uma última vez para o celular em suas mãos. Abriu o aplicativo Aeternus e, com um toque firme, excluiu sua conta de usuário, deletando também o avatar de Miguel que criara.

Finalmente havia colocado uma lápide sobre todos aqueles fantasmas de Puerto Vallarta.

— FIM —

Aponte a câmera do celular para o QR Code abaixo
e conheça mais livros visitando o nosso site.